隐蔽的世界

赖继 著

四川人民出版社

图书在版编目（CIP）数据

隐蔽的世界 / 赖继著. — 成都：四川人民出版社，2023.5
ISBN 978-7-220-12880-6

Ⅰ.①隐… Ⅱ.①赖… Ⅲ.①长篇小说 – 中国 – 当代 Ⅳ.①I247.5

中国国家版本馆CIP数据核字（2023）第040445号

YINBI DE SHIJIE
隐蔽的世界

赖继 著

出 版 人	黄立新
选题策划	最近文化
监　　制	郭　健
责任编辑	陈　纯
版式设计	李秋烨
封面设计	叶　茂
特约校对	蓝　海
责任印制	周　奇
出版发行	四川人民出版社（成都三色路238号）
网　　址	http://www.scpph.com
E-mail	scrmcbs@sina.com
新浪微博	@四川人民出版社
微信公众号	四川人民出版社
发行部业务电话	（028）86361653　86361656
防盗版举报电话	（028）86361653
照　　排	四川最近文化传播有限公司
印　　刷	成都博瑞印务有限公司
成品尺寸	145mm×210mm
印　　张	9.25
字　　数	210千
版　　次	2023年5月第1版
印　　次	2023年5月第1次印刷
书　　号	ISBN 978-7-220-12880-6
定　　价	49.80元

■版权所有·侵权必究
本书若出现质量问题，请与我社发行部联系更换
电话：（028）86361656

目录

 第一章　南北

01　雨山　/ 003
02　丰年　/ 015
03　设局　/ 024
04　风铃　/ 034
05　老堆　/ 043
06　春暖　/ 051
07　重生　/ 056
08　摊日　/ 064
09　水烟　/ 072
10　中计　/ 080
11　空城　/ 086
12　围捕　/ 092
13　兄弟　/ 098
14　成都　/ 104

第二章　秋蝉

01　案发 / 117
02　第一份口供 / 120
03　第二份口供 / 125
04　接头 / 129
05　第三份口供 / 133
06　两肋插刀 / 140
07　第四份口供 / 145
08　七个谎言 / 151

第三章　惊雷

01	沙朗国 / 159
02	电站 / 164
03	惊雷小组 / 169
04	交锋 / 176
05	叛军的图谋 / 181
06	线索碎片 / 186
07	双雄 / 197
08	山口家 / 203
09	宋北 / 214
10	设局 / 221
11	跳墙 / 229
12	大决战 / 232
13	星河一道水中央 / 237

第四章　山海

01　风雷与海水　/ 243
02　任务　/ 247
03　名册　/ 251
04　洋行职员　/ 255
05　情报　/ 259
06　大力　/ 262
07　步枪王　/ 265
08　设伏　/ 269
09　局中局　/ 273
10　誓言　/ 279
11　黑帆　/ 285
12　尾声　/ 289

第一章 南北

01　雨山

林修文离开海岛的时候，笔名"江南"的留美作家刘宜良正在创作《蒋经国传》，岛内情报局局长汪希苓正忙于请人给他带话，要求其停下手中的写作。

1980年前后五年都是多事之秋，高层人物自然没有心思关心林修文这一次性命攸关的空投任务。

他只有教官谭雨山送行，谭雨山对他说："过了这片海峡，是兄弟，还是敌人，你可以自己选。"

林修文的脸色一如往常冷酷，看不出他到底听没听明白谭教官的意思。他说："这个世界上只有两种人，一种是可以杀的人，一种是可以杀我的人，没有兄弟，也没有敌人。"

谭雨山慢慢咀嚼这句意味深长的话。他看着林修文的脸，林修文的眉毛有些细长，和海岛上大部分男子相比，他的眉毛太细太长了些，眉梢又很尖，尖得像可以扎死人的锋刃。他的五官很锋利，他的身板很挺拔，背立得直直，腿并得直直，这是一种可以为了荣誉献出生命的军人气质。

谭雨山那精悍的眼睛得大大的，眉骨上杂乱的眉毛因此而舒展。他对眼前的杰作很满意，他带训过很多学员，林修文是他比较满意的一个。他用了一段时间，终于把小混混林修文锻造成了一柄杀人的剑。

只会杀人的剑，自然也就无所谓有无思想。

谭雨山已经老了，彼时他随着最后一批陆军从海峡那头来到海岛，还满腔热血，想象着很快就能随"领袖"打回大陆去，届时他就可以回归故土。

可是，时势和命运往往并不为个人的意志所转移，他只能将自己的希望寄托在他培养的年轻人身上。

曾经的街头混混林修文，这个没有希望的年轻人，就是他谭雨山的希望之一。

林修文即将通过一次空投，定点降落在缅甸和中国大陆交界的一个地方。

那里是热带雨林，生存环境很残酷。

谭雨山教官并不担心，因为他知道，林修文是这近十年来，情报学校里最优秀的学生，他可以在任何环境里生存下来，并且完成任务。谭雨山和他有着超越一般师徒的恩义，甚至可以说是忘年交。

谭雨山平时话很少，所以朋友也少。

人和人交往，有时候并不需要太多的表达。

同样的人，同样的风格，很容易就成为朋友。

现在谭雨山的朋友林修文即将离去，他的心情是复杂的，平时不爱多说话的他，此刻内心却突然有很多话想说。他又怕自己说得太多，让自己在学员心中的形象丢了分。

但是，林修文对于此次空投，并不如何在意，相反，较之枯燥的情报学校生活,他觉得自己终于能够出师,这可真是新的人生篇章。

林修文握拳的手指节有些发白,他有一丝丝激动。

谭雨山教官告诉他:"当你降落到指定地点之后,你的名字就将从这个世界上消失,你将会遇到很多威胁你生命的人和事,你可以杀人,可以消灭他们!你需要做的,是忘记一切和过去有关的事,你记住,你就是工具,你就是刀,你就是剑,你就是'领袖'钉在中国大陆后方的一枚棋子,你要配合所有统一部署的'光复'行动。你的代号,叫作'寒鸦'。"

孤帆远,寒鸦鸣。

这怎么听着都不像是一个吉利的代号。

二十二岁的林修文,摸着自己的军衔和徽章,看了一眼海岸的浪涛,呼吸有些起伏。他从小被人看不起,混吃,混喝,混街头,成了混混,幸好谭雨山教官发现了他,启蒙了他,将他带入了情报学校。

情报学校位于海岛阳明山上,又叫"陆官学院"。在那里,林修文经历了残酷而非人的训练,这些训练让他变得强大起来,他坚信自己已经可以担负起"党国"交给自己的一切任务,他需要去证明自己。

情报学院的年轻人在训练到一定程度之后,就要进行抽签,以决定执行特别任务。

林修文抽中了敢死签,去执行"空投突袭任务"。

没有人知道,他那么急着去大陆,是因为他还有一件极其私人的事要办。他一直怀疑,自己的哥哥林修武还活着,就活在大陆的某个地方。

他问谭教官:"是不是我过去了,你们就能帮忙找到我哥哥?"

他的哥哥林修武,是最早一批被空投到中缅边境执行"反攻任务"的学员。如果说林修文是十年来情报学校最优秀的学生,那么林修武就是十年前最冷酷的杀手。

谭教官愣了一愣,他知道这一直是林修文的心结,他说:"相信我。"

停机坪的美式飞机已经开始做最后的起飞准备,除了林修文之外的另外五名特种情报队队员已经准备就位。

强烈的海风吹动林修文的头发,他的衣摆扎得很紧,但因为衣服的缝隙里吹进了风,这身紧凑的学员军服变得像鼓起的球。

林修文问:"教官,我们还能不能再见面?"

谭雨山教官没有说话,他的眼里已经噙满了泪花。

这是他第一次,因为送走学员而感触万千。

他送走过那么多学员,可是没有人回来。

在这一瞬间,他发现自己老了。

林修文察觉到谭雨山的犹豫,问道:"你说我可以有选择?"

谭雨山愣了一愣,道:"我是说……不,我没说。"

林修文道:"你有犹豫?"

谭雨山正色道:"没有。"

林修文直直地盯着谭雨山,道:"不,你有害怕。我的心理课程是你教的,你骗不了我。"

谭雨山叹了一口气,道:"我送走了许多人。"

林修文道:"他们都没有回来。"

谭雨山道:"你知道他们都去了哪里?"

林修文道："滇缅地区。"

谭雨山道："你可知道为什么？"

林修文站得笔直，全身像被灌入了巨大的精神力量，他像背诵军规一样说道："因为'领袖'需要我们，需要我们在后方发挥作用！那里还遗留有我们的子弟，他们不是孤军，他们还有我们！我们就是他们源源不断的支撑！"

谭雨山缓缓道："'四国会议'以后，这些年国际形势变化，滇缅孤军已经陆续撤回岛内。但实际上，'党国'仍有遗留在滇缅的队伍，加之土著摆夷族可供组织动员，过去一段时间，确是我们在滇缅地区的全盛时期，'镇边''剑南''天柱'等行动，都形成了对云南边境村庄、城镇的突袭攻打之势。"

林修文道："可是现在不乐观？"

谭雨山冷冷道："你从何处看出来的？"

林修文道："从教官你的犹豫里！"

谭雨山面露愠色道："别在我面前耍小聪明！我对'党国'没有犹豫！"

林修文正色道："是。"

谭雨山心里知道，自己的色厉内荏已经被眼前这个得意弟子看穿，他谭雨山对"党国"、对"领袖"没有犹豫，可是对于整个形势，他心里是清楚的。这几年，大陆和缅甸政府不断密切合作，夹击滇缅地区的"反攻势力"，台岛在滇缅地区的情报工作已经逐渐式微。

所谓的"反攻军"已经很难在滇缅地区掀起大浪，谭雨山有时候会问自己，凭着这样日复一日地派遣年轻人去执行一些不入流的暗杀、破坏、渗透活动，就能"反攻"了？

"领袖"念念不忘的"反攻",凭着一些点位上的特务工作,就能实现了?

每当产生这样质疑的念头时,谭雨山都会立刻刹车,把危险的思想打住,他需要做的,是服从命令。

送走林修文对谭雨山来说,跟送走别的年轻人不大一样。

谭雨山教官想起他和林修文初识的过程。

林修文是在一场打架的过程中被谭教官逮住的,在被谭教官胖揍之前,他根本不知道自己的人生会因为一场打架而改变。

他连谭教官的拳脚都没看清,就直接被两拳放倒。他事后细细琢磨过,不对,是一拳放倒,谭教官的第一拳是虚招。

当时林修文只见到谭教官的袖子一甩,他下意识地要招架,然而谭教官的另一只拳头已经以一个不可思议的角度从侧面打了过来。

倒地的林修文睁大了眼睛,内心的震撼和惊讶大过了身体的疼痛。

林修文惊讶的地方在于,在这个眷村周围,竟然有人比他还能打!除了他已经失联的哥哥林修武,他就是这远近内外的打架王。

双方开始干架前,大家都在一个录像厅看电视。所谓录像厅,也不过是大家挤在一起看电视,因为那个时候不是家家户户都有电视。而在1982年的春天,一部香港的电视连续剧引发了岛内的观影热潮。

这部剧到底有多火?整个岛内车辆停摆,民众驻足,商家关门,偷盗停业,治安骤好,满街都是主演的海报,饭店招牌全都改成了剧中人物的名字,连出殡都是片尾曲——"千山我独行不必相送"。

这部连续剧叫《楚留香传奇》，主演是郑少秋。

林修文带着自己的小兄弟和小女生正在看郑少秋，三人遇到了一帮兵痞，兵痞冲着林修文一行中的女伴吹口哨，还喊出侮辱性的称号，于是双方就动手打了起来。

说实话，对于林修文来说，打架是家常便饭。他出生在高雄的眷村，这个地方的人很多都是随着当年国民党败退过来的军官。这些人被岛内居民称作"外省人"，后来有个外号叫"芋仔"。这些人因为生活习性上的种种原因，和岛内本省人有着天然隔膜。这些"芋仔"又给本省人起了外号叫"番薯"。

林修文就是典型的"小芋仔"，他祖籍是四川成都，他的父亲是国民党从四川败退的最后一批兵，到了海岛之后，"上官"给他父亲发了一张"忠勇土地证"，等到"反攻"胜利后，可以分到土地。外省人和本省人在交往中有很大问题，当时的海岛有着莫名的排外情绪，外省人娶妻生子都成问题。

因此，在"小芋仔"当中的女生，是很受保护的。那群兵痞调戏一个女生，导致双方直接干架。

林修文打败了那群兵痞，那群兵痞随即去搬来救兵，也就是教官谭雨山。

林修文起初根本没把谭雨山放在眼里，毕竟这人看起来就是个痨病鬼似的阿土伯嘛。

十秒钟后，他就为自己的轻敌付出了代价。林修文被谭雨山打倒之后，迅速弹了起来，和谭雨山扭打在了一起。林修文那种打起架来不要命的狠劲，真是和他的名字有着巨大的反差。

谭雨山施展拳脚，和林修文斗到一处，林修文被击倒六次，爬起六次，直到最后谭雨山一记手刀切中林修文面侧的迷走神经，直接瓦解林修文的所有战斗力。

林修文像泥一样瘫在地上。

谭雨山掏出腰间的军刀，抵住了林修文的脖子，一只手按住林修文的脑袋，问："你服不服？"

林修文恐惧地点头，太厉害了，这真是自己见过的最能打的人。

谭雨山又问："你是不是就是这一带的打架王？"

林修文正要点头，立刻又摇头，自己都被打趴下了，怎么还好意思自称打架王？

谭雨山冷冷笑道："说起打架，你也算是一号人物了。"

林修文沉吟半晌，道："我比不了你。"

谭雨山道："你可知道为什么？"

林修文奇道："为什么？"

谭雨山一字字道："因为我从来不打架。"

林修文眼睛瞪大，说："我不明白。"

谭雨山道："我从不打架，打架不过是比谁的力气大，比谁更狠，这和狗有什么分别？大家又不是狗，为什么要互相咬来咬去？"

林修文怒道："你骂我是狗！"

谭雨山冷笑道："是了，照你这样打下去，就算打遍了高雄，也不过是条凶狠的狗。"

林修文挣扎了一下，谭雨山用力地按住他，他只觉得鼻子嘴巴里都是泥土的味儿。

林修文大喊："我不是狗！"

谭雨山笑了，道："那你要不要跟我学？"

林修文喊道："学什么学！你不是说你从不打架？"

谭雨山冷哼了一声，道："是。"

他顿了一顿，接着道："我只杀人。"

林修文浑身打了个冷战，眼前这阿土伯，每招每式都直击要害，这根本不是打架的路数！

林修文喃喃道："你凭什么这么狂……"

蓦地，他一把抓住谭雨山握刀的手，用力往自己胸口插去。

他要自戕！

谭雨山始料未及，这小子竟然宁为玉碎！

条件反射之下，谭雨山用力地回拉，就在这时，林修文突然松手，反推谭雨山。谭雨山身形向后一仰，随即只觉眼前一晃，脸部就被重重捶了一拳，他被干翻在地，痛得急火攻心。

谭雨山定了定神，看见林修文已经捡起了那把军刀，放在手中掂玩，神情桀骜。

林修文讪笑道："你不是说你只杀人？"

谭雨山冷冷道："你信不信我今日真的杀了你？"

林修文道："不信。"

谭雨山道："为什么不信？你认为你能打过我？"

林修文道："我们为什么要打？你不是才说过，只有狗才相互咬来咬去。"

谭雨山道："你不是狗？"

林修文道："我不是。"

谭雨山道："哦？"

林修文道："所以只有我夺刀自戕，你才会中计。"

谭雨山道:"你怎么知道我不会杀你?"

林修文道:"你如果要杀我,你第四拳就可以将我脾脏击破,我早就死了。"

谭雨山眼睛亮了起来,道:"你知道我为什么不杀你?"

林修文叹了口气,指着谭雨山右胸的徽章,上面写着"陆官学院",说道:"我哥哥叫林修武,他有和你一样的徽章。"

林修文指着一旁看热闹的兵痞——这场斗殴归根到底,是因这帮人调戏少女而起——道:"一个只会杀人的人,怎么可能帮他们这样的人出头?"

谭雨山道:"是。"

林修文又道:"你出现在这里,不是来看《楚留香》的。"

谭雨山道:"是。"

林修文道:"那就只有一个目的。"

谭雨山目光灼灼,道:"你说说看,答对就合格。"

林修文一字字道:"你就是来找我的!"

谭雨山紧皱的眉头舒展开来。此子跟人动手,有一股拼命的狠劲,但是在纠缠打斗过程中,居然头脑如此清楚,不但观察入微,审时度势,更关键的是他料定自己不会杀他,竟然自戕诱敌,然后反击自己。

够狠,够狡黠,够心细,够大胆!谭雨山要找的人,就是他!

谭雨山站起身来,道:"是,我就是来找你的。"

林修文问道:"为什么?"

眼前的谭雨山从制服规格和身手气度来说,都显现出他是一个非凡人物。

林修文搞不懂,像自己这样的街头混混,怎么就惊动了这样的大人物？

谭雨山一字字道："因为你是林修武的弟弟。林修武是我最得意的门生，可是，他失联了。"

林修武失联了。

根据多年的经验来看，林修武多半已经阵亡。把哥哥送进了战场炼狱，又要把弟弟送去，人称铁面教官的谭雨山，也不免心有戚戚。

海风将谭雨山的思绪拉回了现实，他看见林修文的嘴角挂着一丝狡黠。

林修文笑道："教官，你怕我也会失联？"

谭雨山道："对。"

林修文道："你对我没信心？"

谭雨山道："是对手很强大。"

林修文面色凝重起来，他知道谭雨山的风格，谭雨山虽然只是情报学校的教官，却是老资格了，几任局座都得给他几分薄面，这足以说明此人的能耐之大。

谭雨山神色也凝重起来，说道："你过去之后，一定要小心一个人。"

林修文被他气场所慑，整个人也紧张起来，问道："谁？"

谭雨山道："这个人是大陆方面在边境从事反谍反特的干将，根据敌内的情报来看，此人能耐很大，我们有不下三十人落入他的手里。"

林修文讶道："三十人？"

谭雨山道："对，三十人，这三十人无一不是'反攻队'的精英。"

林修文道："这人的资料有吗？"

谭雨山道："暂时没有详细情报，只知道他外号'谷雨'。"

谷雨？

林修文问道："就是二十四节气那两个字？"

谭雨山道："是。"

这可真是个寓意丰收的名字。

谭雨山接着道："你一定要小心他，千万小心，我甚至怀疑你哥哥林修武失联也和他有关。一旦我们敌内情报查清他的身份，你又有机会出手，你一定要先干掉他，否则……"

林修文道："否则就是他干掉我？"

谭雨山叹口气道："否则你将是我回不来的第七十九名学生。"

林修文长吸了一口气，像是要把海风都吸入自己的身体里，随后他又长长地吐出，像是宣誓一样神色凝重。

他一字字说道："放心，我一定干掉这个'谷雨'。"

02　丰年

不到三十岁的秦丰年正躺在草皮上，享受着云南边境的阳光。他祖籍是江浙，出生、成长于北京，因此他既有北方人的高大魁梧，又有江浙人的细腻心思。他站立像一座铁塔，躺下似一尊卧佛，第一次看见他的人，会以为他是东北辽沈一带的人。

他这名字，听起来很像一家热气腾腾的江浙点心铺子。他颧骨很高，五官硬朗，眼神犀利，眉目有神，皮肤被晒得黝黑。

他极其喜欢吃菠萝。

好像任何时候你都能看到他在啃菠萝。

云南的阳光和蓝天跟北方的很不同。云南的天是湛蓝的，蓝得透净，直沁人心。云南的白云也很低，大朵大朵的，像他小时候吃过的棉花糖。

他当年初来乍到，唯一不适的，是云南的紫外线太强，以至于这些年他整个人都被晒黑了。他和同志开玩笑，说自己现在已经和缅甸人的肤色无异，戴上一个白褂烟袋，叼根卷叶烟，混入一群买卖翡翠的缅甸人之中，和别人谈买卖，就是个彻头彻尾的本地人。

秦丰年还学会了边境上的所有土话、官话。他学这些可不是为了融入边境生活，他在这里改头换面，只为了一个目的。

反敌特！也就是打击边境特务的破坏、渗透、恐怖、谍报活动。

秦丰年年纪虽轻，但对这一带的敌特活动情况知之甚详。边境地区的对敌反谍、反特斗争由来已久，"边境反特工作小组"已经从多年前的临时机构变成常驻机构。

秦丰年听到了一些好消息，他很快就要结束任期，回到北京，见到自己阔别已久的家人。

他的父亲叫秦孝明，是情报战线赫赫有名的宿老，现在赋闲在家，等待儿子完成任务归来。

得记住这个名字，秦孝明的故事有很多。

秦丰年的人生履历，和他父亲比起来，还是差了一大截。

现在秦丰年只想再晒晒云南的太阳，然后解决昨天接到的重要任务。这应该是他在边境的最后一个任务了。

他的助手王汉英是从当地公安局调过来的，孟纳本地人，少有的女干部，英姿飒爽。她比秦丰年矮半个头，年纪与秦丰年相仿，做起事来滴水不漏。

就在昨日，王汉英接收到一份绝密电文，电文里部署了一项重要工作。

王汉英随即转告秦丰年：中国政府代表即将在边境小镇面会缅甸官方代表颂提公使，双方将商议进一步加强边贸活动，同时中国政府代表将代表北京方面提议颂提公使返回后，促成缅甸政府再次向国际社会呼吁，要求台湾方面停止一切扰乱中缅边境经济活动的暗杀、恐怖特务活动，而台湾方面准备破坏这次面会，执行行动的人，是敌方精锐，代号"寒鸦"。

这次面会被敌人知道了？这说明我们内部有谍。幸好我们谍中有谍，不光知道敌人已经知道了，还知道敌人将有所行动。

秦丰年明白了，这次任务是反击敌特对边境重要面会的破坏，敌人的代号叫作"寒鸦"。

至于"寒鸦"是谁，王汉英表示目前尚未掌握，不过敌内情报一有消息，总部会第一时间通知他们。

秦丰年看着王汉英送来的电报，加急、绝密、特提，必须在最短时间内处理，可见任务严峻，时间紧迫，敌人来头不小。

秦丰年心中已经有谱儿，这才跑到太阳底下来晒晒自己。这是他的习惯，在大战之前，一定要充分享受阳光，一定要充分感受自然，这样心就会定。

心定，就一定会胜利。

王汉英出现在他面前的时候，挡住了太阳光来的角度。

秦丰年坐起身来，看着王汉英焦急的脸。

王汉英道："都什么时候了，你还在晒太阳？"

秦丰年悠悠道："我既然在晒太阳，自然是说明我已经意识到都什么时候了，在我们广泛使用手表之前，中国人看时候，不都是看太阳吗？"

王汉英道："我已经按照你的要求，通报边境两边都加大警戒力度，'寒鸦'一定无法钻进来。"

秦丰年眯着眼，道："不，他一定会钻进来。"

王汉英奇道："为什么？"

秦丰年道："如果他连边境的雨林都克服不了，敌人何必派他过来？"

王汉英道："既然他能从雨林钻进来，为什么我们还要加强边境警戒？"

秦丰年道："那不全是为了警戒他。"

王汉英问道："那是为何？"

秦丰年道："那是为了给他一个口子，比起广袤的雨林，我们在知悉他可能钻进来的口岸守着，岂不是更容易发现他？"

王汉英恍然道："你是说孟象海村？"

秦丰年道："正是。公使将会和政府代表在孟纳城见面，孟象海村是从缅北穿过雨林后最近的口岸，离孟纳城不远。"

王汉英道："他一定会选择这个边境段路线？"

秦丰年道："那里的雨林地段最复杂，生存环境最恶劣，当年战事在雨林留有大量哑雷，我们和缅方进行警戒防御的难度也最大。他从这个区域穿越，可以躲过缅甸军警，然后抵达我们边境，起到奇兵之效。"

王汉英坐到秦丰年身边，她刚用皂角洗了头发，有一股淡淡的香。

王汉英说道："可是我们总不能不防御。"

秦丰年一字字道："最好的防御，就是进攻。"

王汉英道："进攻？你要怎么进攻？"

秦丰年道："既然知道他将会从哪个口岸进入，我们就应该选择在那个地方，与他较量。"

王汉英道："你确定能抓住他？"

秦丰年道："我若不抓住他，那后果会很严重。"

王汉英道："这些特务总是喜欢搞些恐怖动作，还是那一套。"

秦丰年道："如果他们能在正面进攻获胜，就不必搞这些小动作。渗透、破坏、暗杀,这些都是敌人内心怯懦的表现。在革命年代,我们的同志见得还少?"

王汉英神色凝重道:"我们必须给他们迎头痛击。"

秦丰年道:"迎头痛击?你学成语又进了一步。"

王汉英道:"我还学过一个成语,叫邪不胜正。"

秦丰年坚定道:"边境的反特斗争由来已久,比任何地方都严峻。敌人不死心,斗争就不会停下。"

王汉英目光低沉,道:"是。"

秦丰年问道:"你可知,为什么台湾情报部门在中缅边境活动如此猖獗?"

王汉英所知不多,当即求教,请求秦丰年做敌情普及,所谓知己知彼,才能百战不殆。

百足之虫死而不僵,究竟何来?

秦丰年缓缓道:"1949年解放军大军压境,当时的云南省政府主席卢汉发表通电起义,而国民党第8军237师709团少将团长李国辉于次年,也就是1950年2月20日,率领部下孤军逃往缅甸,与李国辉同行的,还有第8军军长李弥的贴身副官邓克保。随后,这支队伍又与国民党第26军93师278团副团长谭忠带领的部队会合,这支孤军随之壮大。"

秦丰年接着道:"李国辉通过电台紧急与台湾取得联系,请求上峰指示,台湾的回电却泼了一瓢冷水,要求他们'自谋出路'。这支孤军随即'自谋出路',自称'中华民国反共复兴部队',开始就地驻扎,开荒耕地,插手当地毒品交易,为毒贩当保镖以抽取保护费。"

王汉英问道:"缅甸政府是什么反应?"

秦丰年道："眼见这支孤军坐大，缅甸政府派军围剿，却不敌对手，最后经过谈判，同意这支孤军撤往边境的勐撒，在金三角找一块落脚之地。"

王汉英道："我知道金三角武装割据，华人众多，想必是因为这支部队在那里生根。"

秦丰年道："正是，这也为后来金三角的武装割据以及毒品泛滥埋下种子。而台湾方面获悉国民党孤军大败缅甸国防军的消息后，随即'回收'了这支孤军，妄图将它打造成'反攻大陆'的一枚棋子。1950年8月，台湾方面致电这支孤军，鼓励他们进入云南打游击。"

王汉英道："这就是这些年云南边境不断有摩擦的根源了。"

秦丰年道："根源可不止于此。1952年，美国中央情报局在曼谷设立了'东南亚国防用品公司'，负责向这支孤军提供武器，以达到牵制中国大陆，缓解朝鲜半岛作战压力的目的。台湾在中情局的协助下，从高雄经海路将一批武器运抵曼谷，再经泰缅边境送交孤军。为了组织遗留在当地的军队，从1959年起，台湾情报局开始在滇缅地区广泛地开展'组织发展'和'动员反攻'活动。"

王汉英道："敌人如此嚣张，我们就没有还手吗？"

秦丰年道："有。你知道'湄公河之春'吗？"

王汉英道："知道。1960年，缅甸总理吴奈温访华，邀请我方共同扫灭国民党孤军。11月，解放军应邀进入缅甸，协助缅甸收复被孤军盘踞10年的3万余平方公里、近30万人口的区域，行动代号'湄公河之春'。"

秦丰年道："这支孤军被击溃后，虽不能回到缅北，但在金三角一个较小范围内构建了一个新的'毒品王国'。金三角的孤军势力引起了缅甸、老挝、泰国的不满，三个国家曾向联合国大会提出过抗议。"

王汉英道："但是直到70年代，咱们的对手，台湾情报部门一直没有停止利用这股残余势力从事边境敌特活动。最近一次是在1976年，他们策动武力攻击边境要点，造成双方百人以上伤亡。"

秦丰年笑道："还是那句老话，都是同胞，朋友来了有好酒，若是豺狼来了，有猎枪。"

王汉英道："老秦，你看这种不入流的特务活动，什么时候是个头？"

秦丰年凝神道："国际社会已经开始反感所谓中缅边境的'反攻'和'游击'，我看用不了多久，他们自己就要喊停。"

王汉英叹气道："你的预言一直很准。"

秦丰年道："不，你的预言才准。"

王汉英奇道："哦？"

秦丰年道："你刚刚说了。"

王汉英道："我说什么预言了？"

秦丰年道："你说，邪不胜正。"

王汉英笑了，她和秦丰年搭档了很长时间，她眼中的秦丰年，充满阳光，充满正气，机智勇敢，拥有强大的分析力和洞察力，又低调隐忍、甘于奉献，代表着反谍队伍广大干部的气质。

秦丰年拍拍王汉英的肩膀，说道："好了，我们现在就要做迎接豺狼的猎枪。"

王汉英道:"是。"

秦丰年问:"这次你怎么看?"

王汉英道:"边境面会一事的时间地点泄密,说明内部有鬼。"

秦丰年道:"好在我们在'反攻队'里的'风铃'能及时发现。他告诉我们,这个叫'寒鸦'的很有能耐,我们将面临一场硬仗。"

"风铃"是一个代号,如同"风筝""峨眉峰""深海""老鬼""老枪"……总之,这是一个潜伏在敌内的自己人。按照工作纪律,"风铃"的知密范围很小,禁止在范围外的人面前讨论他的存在。反特小组内部也只有两三个人知悉他的存在,秦丰年知悉,王汉英知悉。

王汉英道:"我们现在该干什么?"

秦丰年道:"去孟象海村。"

王汉英问道:"你已经能认出他了?"

秦丰年道:"不能。"

王汉英道:"那我们怎么去等?"

秦丰年道:"他们一共是六个人执行行动。"

王汉英奇道:"你知道他们的男女老少高矮胖瘦?"

秦丰年反问道:"孟象海村你熟悉吗?"

王汉英道:"熟悉。"

秦丰年淡淡道:"我也熟悉。"

王汉英不服,道:"有多熟悉?"

秦丰年道:"村里所有的男女老少高矮胖瘦,我都熟悉,我在那里生活过。"

他接着半开玩笑道:"职业特务身上的味儿,总是和群众不同。"

王汉英道:"'风铃'虽然不掌握这一行人的相貌,可他们一旦进入这个村子,你就能排除辨别出来?"

秦丰年道:"他们必须经过这个村子,因为这是去孟纳城破坏面会唯一的路,他们没有时间选择第二条路,面会时间已经很近了。这个村里男女老少高矮胖瘦我们都熟悉,你说他们还能不能从我们眼皮底下溜走?"

云层厚重,缓缓溜走,热带低纬度的太阳穿破云朵,直直照下。阳光洒在王汉英瘦削、清丽、勇敢的脸。

她的神色,有一丝担忧。

秦丰年长吸了一口气,像是要把新鲜草果味的风都吸入自己的身体里,随后他又长长地吐出,像是宣誓一样神色凝重。

他一字字说道:"放心,我一定抓住这个'寒鸦'。"

03　设局

林修文顺利着陆有一段时间了。

雨林的残酷条件对他来说，根本不在话下。

像林修文这样的情报学员，必须随时负起"组织群众"作战的任务，因此他们在情报学校接受了各种特战训练。

在林修文的记忆里，他在情报学校学习了很多课程，除了常规的情报搜集、化装变身、技术设备课程，荒野生存、两栖蛙人水下作战、特勤轻兵器射击也是必不可少的，当然，为了保证空投的准确性，提高生存率，还会在屏东伞兵基地进行多次跳伞训练。

过去派遣到滇缅地区，难度系数不大，明目张胆地飞过去，地面有的是接应力量，根本不用考虑领空问题，反正边境孤军正在割据。

现在却不同了，随着中缅政府的合作加深，所谓的滇缅边境"反攻势力"已经式微，一些借助雨林、山林形成的"游击力量"与山匪无异，以个位数为人数统计单位的情报单元，就更没办法实现地面接应。

于是像林修文这次执行的空投任务，无法像过去那样在缅甸政府眼皮底下大张旗鼓地进行,他们只能在夜里被扔到很远很远的地方,然后依靠自己的野外求生能力,穿越重重雨林,通过陆路抵达滇缅边境的情报单位,寻找"组织",实现建制归集。

林修文和几名队友用了将近十天的时间,穿越了无人区,抵达了雨林深处的寨子,使用指定电台,通过特定呼号和频段、密码,向上级发出了第一份电报,汇报着陆情况。

在寨子里,林修文见到了盘踞此处的少校连长张少强。

张少强手底下有四十五个人,号称"反攻前遣侦察连"。实际上,他们只在雨林里和中缅联合军打打游击,袭击一些村寨,抢夺一些居民货品,然后作为"战利品"向上级大吹特吹。

林修文刚刚抵达的时候,被张少强麾下的军容军貌吓了一跳。松松垮垮的他们,哪里有半点"党国"精锐的样子。这和自己在岛内听到的完全不一样。

在连部负责情报联络的,是童路安。

童路安是教官谭雨山的同龄挚友,他提醒林修文,说对待张少强:"别太认真就好啦。"

张少强对林修文没什么好感,他早对岛内派遣来的情报精锐不抱什么希望,特别是看见林修文一副俊秀的样子,更是觉得不爽。

无奈按照惯例,当天张少强须设宴欢迎特派人员。张少强跟往常一样,喝了很多酒,趁着酒劲上头,要和林修文比试比试,你们不是经过情报学校的特战训练吗?要跟着老子建功立业,就先露两手。

林修文扫了一眼自己的队友,不卑不亢地回答道:"打打杀杀,不是情报人员的主业。"

张少强哈哈大笑,挑衅林修文,把菜盘扣在他头上,汤汁顺着林修文的脖子流到他衣服里，林修文捏紧了拳头。

童路安暗暗捏了一把汗，他太清楚谭雨山的能耐，谭雨山培养出来的得意门生有多厉害，他心里有数得很。

他怕林修文一抬手，把张少强给捏死了，那可是违反军规要被处置的。

张少强当着军士的面，极尽挑衅侮辱之能事，他挥手叫来军士："今天让'新来的'开开眼，咱们的兄弟拳脚厉害，走近点，对，近点，以免'新来的'看不见。"

军士随即会意，开始在林修文等人面前表演"军体操"，一招一式，故作夸张，呼呼喝喝间，有意无意地将拳打到林修文等人身上，特别是一个肥头大耳的士兵，用黑乎乎的手掌，状似无意之间，扇了林修文一个耳光。

林修文和队友坐着一动不动。

等他们表演完了，林修文问："我可以吃饭了吗？"

"没劲！"张少强泄气极了。

林修文和五名队友开始低头扒饭，不发出一点声响。

张少强叫唤累了，酒劲上脑，倒在长椅上呼呼大睡。

吃完饭之后的林修文恢复坐姿，他神情木然，仿佛这一切都和自己无关。

童路安向林修文投去赞赏的目光。

几天后，林修文接到一个电报，电报部署了一项具体任务，内容是：越过中缅边境，去往云南一侧的孟纳城，破坏颂提公使和中国政府代表在边境的面会。

次日，童路安推开林修文的房门，看见林修文正对着墙上的边境线地图出神。他的面前，摆着半人高的档案文件，那是这些年边境"反攻军"情报工作中失败的案例，也就是教官谭雨山告知他的，被中共反谍反特人员"谷雨"破获的三十起"遗恨案例"。

童路安道："你的任务时间不多。"

童路安的意思是，林修文现在翻旧账，是在浪费时间。这些失败的任务，或多或少打了童路安的脸。

林修文道："我知道。"

童路安道："你设计好方案后，就需要动身。"

林修文侧头道："听说对方有个'谷雨'。"

童路安道："是的。"

林修文道："谭教官说，这人很厉害。"

童路安道："是的，他确实很厉害。"

林修文又道："没想到，我这么快就要和他交手。"

童路安奇道："你怎么知道这次是和他交手？"

林修文道："我听说，他破获了我们三十次行动。"

童路安点头道："惭愧。"

林修文转过头来，看着童路安："这三十次行动，都是通过什么方式来传递指令的？"

童路安道："有一半以上是通过无线电。"

林修文道："也就是说有一半是通过人力指令？"

童路安道："是。"

林修文道："那么，这人要么是破译无线电的高手，要么就是运用人力情报的高手。"

童路安道："或许他两者皆是。"

林修文道："我分析过这三十次失败的任务，有百分之六十六点三三的概率是因为'谷雨'料得先机。无线电和人力情报各占一半的前提下，这人有百分之三十三以上的概率，在'反攻军'的上层建有内线，这个内线，可能在团部，可能在旅部，也可能在军部。"

童路安沉吟片刻，道："你说的没错。"

他终于知道林修文彻夜翻档案的理由。

林修文道："既然我们内部有鬼，这人一定已经收到了我们的任务内容。"

童路安道："极有可能。"

林修文道："既然他已经收到了我们的任务内容，那你说他会怎么办？"

童路安疑惑道："我猜不出。"

林修文道："这三十起失败的任务中，有几起是他设计的瓮中捉鳖，从设计的精巧程度上，我可以刻画他。"

林修文闭上眼，微微仰起头。

林修文缓缓道："他胆大心细，具有强大的洞察力。他相信自己的判断，他还有一帮可以协助他的帮手，因为这些破案手法，很多不是他一个人可以完成的，而他的帮手都很信任他。"

童路安道："这或许就是中共情报战线的厉害之处。"

林修文道："可是，他有一个致命的缺陷。"

童路安奇道："是什么？"

林修文道："一个人从事一项工作太久，就会出现思维定式，这种思维定式会在一定时间内发酵，成为一种惯性。他已经打赢了三十场，在第三十一场的时候，他的思维惯性会不自觉地重复之前的招数，只要我们找到他的招数规律，就一定能干掉他。"

童路安瞪大了眼睛，道："你翻档案，就是为了找到他的招数规律？"

林修文坚定道："是。"

童路安道："那你看出来没有？"

林修文道："看出来了。"

童路安问道："那你知道他要怎么做？"

林修文缓缓道："他一定会收紧边防警戒，然后给我留一个比较正常的口岸。"

"留一个正常的口岸？"

"对，一个不动声色，和往日没有任何变化的口岸，警戒力量既不增加，也不减少。"

童路安道："他要阻挡你越境？"

林修文道："不，他是要开个口子，内紧外松，张网以待。比起在广袤的雨林里追踪我，还不如在我即将通过的路线上抓捕我。"

童路安问道："他怎么能肯定你一定会走他选的路线？"

林修文道："这就是我研究一夜的结果，而这个口子就是孟象海村。"

他指着地图，接着道："这里离目标地孟纳城不远，但是雨林环境最复杂。他会猜测，如果我要潜入，一定会选这条艰难的路以达到奇兵之效，同时他也知道这条路上的缅甸军警难不住我，我一定可以抵达孟象海村。并且，从时间上看，我们没有第二条路的选择。"

童路安道："然后呢？"

林修文道:"他一定会提前抵达这个村子,做好一切准备,部署所有警力,等着我出现。"

童路安奇道:"就算他在那儿等着,也不一定能认出你。"

林修文道:"不,他一定对这个村子很熟悉。"

童路安问道:"有多熟悉?"

林修文道:"男女老少高矮胖瘦,都熟悉。"

童路安道:"所以你一旦进入这条路线,就如同钻入了他的陷阱?"

林修文道:"对,我一旦进入这条路线,就一定会被他盯上。他对村里的男女老少高矮胖瘦都熟悉,我怎么可能从他眼皮底下溜走?"

童路安问道:"那你还要走这条路?"

林修文道:"是。"

童路安惊讶道:"为什么?"

林修文道:"因为我已经知悉了他的招数规律,自然有办法应付他。"

童路安道:"他的招数规律到底是什么?"

林修文一字字道:"中共情报工作的规律,是熟悉群众、发动群众。"

童路安道:"那你要怎么办?"

林修文道:"首先,我需要你帮我发一份电报,告诉上头我的行动时间。"

童路安大惑不解道:"为什么?上面有内鬼啊!'谷雨'在我们内部有内线,有钉子!"

林修文道:"我们何不将计就计。"

童路安道:"你是要疑兵?"

林修文道:"正是,这个时间一定是一个错误的时间。"

童路安道:"对方会因此被你误导或者干扰。"

林修文道:"其次,我需要削减人数。"

童路安道:"为什么?"

林修文道:"他既然有内线,自然就会知道我们是六人行动小组。分辨六个人,自然比分辨一个人容易得多。"

童路安道:"所以你要带少于六个人行动?"

林修文道:"对,只需要三个人,我、'美人鱼'、'斧头',就够了。"

"美人鱼""斧头",自然是代号。

童路安道:"他一定料不到你调整了人数。"

林修文道:"最后,你需要告诉我,最近的一个边境市集在哪里?"

童路安道:"你要做什么?"

林修文目露凶光,道:"杀几个从事边贸的人,换成他们的身份,然后选一个好日子去云南那一侧。"

童路安被他的眼光看得背心一寒,问道:"好日子?"

林修文狡黠一笑,道:"是,好日子。孟象海村每隔数日就有一次民间的边境往来互市贸易,你明白了?"

童路安恍然道:"明白了!"

林修文道:"既然他熟悉当地人,那么我就选一个村里会进入很多外地人的日子,这样,他的陷阱就会让他变成瞎子。"

童路安笑道:"这样你就可以安然躲过他了。"

林修文道:"谁说我要躲过他?"

童路安倒吸一口气，道："你什么意思？"

林修文看着童路安，道："你知不知道，猎人和猎物，有时候会倒转？"

童路安道："我知道。"

林修文又道："他既然来抓我，我为什么要躲？他既然织网抓我，我为什么不能反过来宰了他？"

童路安道："我不同意。"

林修文冷冷笑道："谭教官说，我哥哥林修武的失踪，和他有关。我会抢先抵达孟象海村，然后混入边贸货郎之中，部署好一切，等着他到来。"

童路安冷冷道："'寒鸦'！你这是在公报私仇，感情用事！你别忘了你的任务是破坏面会，节外生枝，你就会玩火自焚。"

林修文盯着童路安，道："破坏了面会，国际社会就会喜欢我们？靠张少强这类货色，'反攻'就能成功？"

童路安霍地站起，大声道："不准你质疑上头的决策！"

林修文针锋相对道："上头有鬼，阵亡了那么多兄弟，你嫌少吗？"

童路安拔出配枪，指着林修文的头："信不信我枪毙你！"

林修文用脑袋顶着枪口，一字字道："杀掉北京代表或者颂提公使，只会让国际社会更加厌恶我们！"

"你！"童路安大怒。

电光石火之间，林修文不知用了什么手法，猛地夺过童路安的枪，童路安根本没反应过来，愣在当场。

林修文一边冷笑，一边动手拆枪，"唰唰"两三下，将枪的部件全部拆解开，金灿灿的子弹从他手中一粒一粒地滑到地上，发出清脆的响声。

林修文看着不知所措的童路安,缓缓道:"如果不对中共的反谍报单元进行有效而沉重的打击,就别说'反攻'的大话!我哥哥已经没了,我只想回到亲人身旁。"

童路安沉默下来,谁不想回到亲人身旁呢?

林修文冷峻的面容上泛起一阵阵寒光,他昂首道:"在下绝非贪功冒进,为了'党国',我必须得宰了'谷雨'。必须!"

04　风铃

秦丰年打了一个大喷嚏。

在北方，老人们有个说法，有人念叨你的话，你就会打喷嚏。

秦丰年此刻正坐在汽车拥挤的后排，副驾坐着清丽干练的王汉英。开车的叫林边，是反特工作小组中最年轻的小伙子。

秦丰年嘴上不住地催促："林边！快！再快点！"

林边大喊："是！"

林边把油门踩到了底，车辆在狭窄的山间路上奔驰。

秦丰年擦了擦鼻子，这喷嚏差点把他的肺震伤。王汉英摇下了车窗，让空气对流，灌进车里的风可大了。

王汉英道："看来有人在念叨你。"

秦丰年道："这个念叨我的，不是朋友，就是敌人。"

王汉英道："我不明白，你为什么要这么急着出发？"

秦丰年道："因为我们收到了一份误导我们的情报。"

王汉英奇道："你是说今天上午收到的情报？"

秦丰年道："对，'风铃'发来的情报，他告知了我们敌人行动的时间。"

王汉英道:"根据这个时间,我们大可不必如此着急。"

秦丰年道:"不,这是敌人故意误导我们的时间。"

王汉英讶道:"'风铃'暴露了?"

秦丰年道:"恰恰相反,'风铃'没有暴露。如果'风铃'暴露了,就无法传出这样的情报了。"

王汉英道:"那你怎么看?"

秦丰年叹口气道:"我们可能遇到了比之前都狡猾的敌人。"

"哦?"

秦丰年接着道:"我们在这里开展反特对敌斗争,最大的优势是什么?"

王汉英沉吟半晌,道:"我们熟悉群众。"

秦丰年道:"是,我们熟悉群众。那么我问你,我们依靠群众、动员群众,已经破获了多少次反特案件?"

王汉英不假思索道:"三十。"

林边有些兴奋,插话道:"组长,我们破获了敌人三十次特务活动,抓获三十人次,这都是你指挥有方。"

秦丰年却高兴不起来,缓缓道:"你看,人们总是喜欢胜利的。"

王汉英道:"胜利有什么不好吗?"

秦丰年道:"胜利固然很好,接二连三的胜利当然更好。"

林边道:"当然!何况我们一鼓作气,取得了三十次的胜利。"

秦丰年道:"我们将要面临的问题,恰恰在于此。"

王汉英道:"我不明白。"

秦丰年道:"一个人从事一项工作太久,就会出现思维上的定式，并且形成一种惯性。我们已经打赢了三十场，在第三十一场的时候，这种思维惯性会让人不自觉地重复之前的招数，就好像两个武林高手对决，其中一个是常胜将军，所以他一出手，一定是自己最得意、最熟练的招数！"

王汉英道："什么意思？"

秦丰年道："只要我们陷入了这种思维定式，就可能被敌人摸到招数规律。"

王汉英道："你是说'寒鸦'可能会摸到你的招数？"

秦丰年道："他不是'可能'会摸到我的招数，而是他已经在摸我的招数了。"

王汉英奇道："何以见得？"

秦丰年道："上午的情报，就是他在故意疑兵。"

王汉英道："可是'风铃'并没有暴露。"

秦丰年道："'风铃'经过专业的培训，藏得很深，暴露的可能性极小。可是，'钉子在哪儿'与'有钉子'是两个问题。"

王汉英道："你是说，'寒鸦'知道内部有鬼，但是并不一定知道在哪儿？"

秦丰年道："情报斗争，不都是你中有我，我中有你吗？"

王汉英道："既然大家都熟悉彼此的套路，他这么做的意思是什么？"

秦丰年缓缓道："他是要让我们继续在自己的思维定式里原地踏步。"

秦丰年顿了一顿，接着道："我们是不是准备在孟象海村狙击他？"

王汉英道："是。"

秦丰年道:"我们是不是对孟象海村极其熟悉?"

王汉英道:"对,我们熟悉那里的男女老少高矮胖瘦。"

秦丰年道:"他一旦进入了村子,是不是就无法从我们眼皮底下溜走?"

王汉英道:"正是。"

秦丰年叹了一口气,道:"这就是我们的思维定式。"

王汉英道:"你的意思是,敌人已经料到了我们的这一步?"

秦丰年道:"对,他一定推理到了这一点,我们对这个村子里的男女老少高矮胖瘦都熟悉,如果他没有料到这一步,又怎么会发出一个误导我们的时间?"

王汉英道:"他要干什么?"

秦丰年道:"他一定会削减人数。"

王汉英低声道:"对,我们掌握的是六个人。辨别六个人,肯定比辨别一个人容易。"

秦丰年笑道:"他发出这个时间,实则虚之,虚则实之,说明他一定会和我们抢时间。"

林边道:"所以,我们才要急行军?"

秦丰年道:"是。"

林边道:"那我们需要早到什么程度?"

秦丰年反问道:"你们知不知道'边民互市'?"

王汉英道:"这怎么会不知道,我可是本地人!"

秦丰年道:"那你给林边说说,什么是'边民互市'?"

林边笑道:"姐,给我普及一下。"

王汉英道:"'边民互市'实际上就是边境居民在一定条件下,合法跨越对方国境,在集中的'相互市场'进行一些小额的商品贸易，你可以理解为简易版的个人进出口贸易。"

林边道："这就完了？"

王汉英道："是啊。"

林边道："这不就是跨境摆地摊吗？"

王汉英扑哧笑了，道："这可不是摆地摊，'边民互市'是国家边贸权的体现，是非常重要的外贸环节，对边境城市的经济发展有巨大作用。"

秦丰年道："中缅两国边境贸易说来话长。1939年滇缅公路通车，对抗日战争时期的物资支持起到很大的支撑作用，中缅两国的边境贸易也随之活跃。1942年，日本占领缅甸，掐断了与中国的边贸往来。1948年缅甸独立后，于1950年与新中国正式建交，并恢复边贸往来。随后的十几年，两国边境贸易由于各种原因断断续续，在1965年宣布中断。直到1979年，边贸活动才恢复。1980年，云南省政府颁布相关文件，鼓励边境贸易。"

王汉英道："其实，在此之前，边境两侧的居民因为交换不同生活资料的需要，已经互通有无。"

林边道："这，这，不就是走私吗？"

王汉英道："这就是国家治理市场的魄力了，既然边境贸易有存在的需求，不如规范管理。"

秦丰年道："所以，当边境的商品交换逐步合法规范，一些民间集市的口岸就出现了。"

林边不解道："你们说的这些，和我们要赶的路有什么关系？"

秦丰年道："有关系。"

王汉英道："因为在孟象海村，也有一个'边贸互市'。"

秦丰年道："每隔一段时间，缅甸一侧的货郎商家会将缅甸的货品搬运过来，在村里的集市上进行售卖。村里的群众也会走到对侧，进行小额商品出售。"

王汉英道："这就是'摊日'。"

秦丰年道："对。"

王汉英道："我终于明白你昨天为什么研究了一天的边贸规则。"

秦丰年目光灼灼道："对，因为我要打破我们的思维定式。'寒鸦'既然知道我们对那个村子熟悉，那他怎么可能束手就擒？"

王汉英道："他会错开我们抵达的日期？"

秦丰年道："不，他会选择一个特殊的日子。"

林边问道："组长，你说的是他会看日子？"

秦丰年道："对。他要选的，就是一个'边贸摊日'！"

王汉英恍然道："是了，只有在那一天，村里会进入很多外地人。"

秦丰年道："这样一来，我们熟悉全村男女老少高矮胖瘦的优势，是不是就没有了？"

王汉英道："岂止是没有了，往来的外地商人，还会增加许多变数。"

秦丰年道："他在岛内的情报学校学过化装和改妆，说不定他会杀掉缅甸那边的货郎，使用他人的身份混进我们的口岸。"

王汉英道："可是在'边贸摊日'，所有进出的两侧边民，我们的边防检查需要确认边贸证件。"

秦丰年道："如果他连一张证件都搞不定，那我们根本就不用如临大敌。"

林边道:"既然如此,我们为什么不直接去孟纳城,守住两边代表,这样不就直接保护了面会?"

王汉英道:"孟纳城有城防部队,有公安单位,而我们'边境反特工作小组'的职能是边境反特和情报预警,我已经按照程序通报了孟纳城相关部门。"

秦丰年道:"干得好。我们现在就要去会一会这个颇有能耐的'寒鸦'。"

林边道:"真是热血上涌。"

王汉英道:"所以,我们必须赶到'边贸摊日'之前,抵达村子,部署好一切。"

秦丰年恨恨道:"他手上一定会沾血,他会杀掉无辜的货商,而我们却只能在这边干瞪着眼。"

王汉英向秦丰年投去安慰的目光,说道:"我说过的,邪不胜正。"

秦丰年又道:"每个人都有思维定式,他也不例外。"

王汉英道:"你已经知道怎么找出他了?"

秦丰年道:"真正从事边贸的边民,是不一样的。"

王汉英道:"是。"

秦丰年道:"他们需要的东西都不同。"

王汉英道:"中国村民多半买的是油、耕牛、花生、玉石等,而缅甸方多购买中方的日用百货、针织、五金等。两侧边民的需要,彼此多半都清楚。"

秦丰年道:"对,恢复边贸的1979年全年,云南进出口总额达341.5万,出口五金、百货、医药、针织等280万,进口大米、食用油、花生、农产品等61.5万。"

林边道:"这能有什么用?"

秦丰年道:"他初来乍到,怎么可能在短时间内熟悉两侧居民都需要什么?"

王汉英道:"所以?"

秦丰年道:"所以我们只要观察谁携带的货物不对路,就知道谁有可能是伪装的特务。"

王汉英道:"可是我们总不能全都查一遍。"

秦丰年道:"所以我们要先赶到,我会扮成中国货郎,叫卖他们一定需要的东西,我会用低于市场的报价来吸引真正的边贸人士,他们一定会凑过来。"

王汉英笑道:"'寒鸦'怎么可能清楚这些价格水位?"

秦丰年道:"有时候,一个反常的举动,就足以暴露身份。"

王汉英道:"高手对决,只要有一个疏忽,就将立于下风。"

秦丰年叹了口气,道:"可是,这人绝不会坐以待毙。"

王汉英道:"他还要怎么样?"

秦丰年沉声道:"他一定会和我同归于尽。"

王汉英和林边浑身一颤,林边握方向盘的手一抖,车辆一个向右晃荡,从路面跑出。

王汉英一声惊呼:"不好!"

幸好前面有一棵热带植物拦着,林边一个急刹车,王汉英差点撞到挡风玻璃上。

秦丰年喊道:"把好方向盘!"

王汉英惊魂未定,疑惑道:"他的任务不是破坏两国代表面会吗?"

秦丰年闭上眼睛,道:"这么危险的人,不动则已。恐怕他不会止步于搞掉面会,我有预感,他想要做的,是宰掉我们……"

秦丰年顿了一顿,一字字道:"特别是我。"

秦丰年又补充了句:"还有,咱们别大意,情报斗争向来都是,敌中有我,我中有敌。"

林边闻言一颤,抬起头来,放眼车外,一人多高的热带植物一望无际。大芭蕉叶遮天蔽日,阳光从缝隙中透射,隐隐有着肃杀的味道。

05　老 堆

邦更是个地名。

邦更离边境很近。

邦更的人都很有商业头脑,即便在过去的年月,边境互市尚未合法化,邦更也有人冒着风险干一些走私的事。

这里面最上道的人,叫"老堆"。

"老堆"年纪并不大,约莫也就二十出头,个头不高,很瘦,但是头脑活泛。

"老堆"现在已经不用冒险走私了,如今边贸互市已经合法化。

他平时会在缅甸一侧的各个集市上搜集相关商品,然后在"摊日"的时候,通过云南一侧的边防检查,进入孟象海村的约定集市,操着一口不太熟练的中国话,和中国人做一些商品交易。

马上就是"摊日","老堆"正在自己的土屋里整理货品。这天阳光很烈,他那四岁的孩子"小堆"正在后院的大芭蕉树下玩泥。

"老堆"的儿子,自然是叫"小堆"。

"老堆"一边收拾货品,一边抽着旱烟,嘴里念念有词,在盘算什么时候能给"小堆"改善下居住条件。"老堆"的女人死于当年的一场饥荒,"老堆"发了誓,在能撑起富足的生活之前,他不想再给"小堆"找妈。

他算起账来很入神,根本没有察觉两条人影出现在他的门口。人影很长,背着阳光,看不清脸,当阴影覆盖到"老堆"的账簿上时,"老堆"才抬起头来,看着这两个不速之客。

两条黑影,分别是一老一少,看长相不像是本地人。

"老堆"用缅甸语问:"请问你们找谁?"

那年轻人的缅甸语也十分流利,问道:"你就是'老堆'?"

"老堆"道:"我是。"

那年轻人问道:"听说你这里可以买东西?"

"老堆"笑了起来,原来是寻商品做买卖,这就好说了嘛。

"老堆"道:"是的,天上飞的,地上走的,水里游的,土里埋的,没有我'老堆'不做的买卖。"

那年轻人冷冷道:"我要做的买卖,有点大。"

"老堆"露出得意的笑:"我可是这附近最有名的货郎,我倒要听听是多大的买卖?"

那年轻人举起一个黑黝黝的东西,那东西被布盖住了全貌,但逼人的杀气还是立刻把"老堆"震慑住了。

那年轻人一字字道:"我要买你的命。"

"砰",枪响了。

这一老一少,年轻人正是林修文,老者是童路安。

一切都在按照计划进行。

林修文喃喃道:"好了,现在我是当地的货郎'老堆'了。"

童路安微笑道:"正是,等'摊日'的时候,那么多边民进入孟象海村，'谷雨'挨个判断排查完，我们已经抵达公使面会的地点了。"

林修文冷冷道："我们？"

童路安道："有什么问题？"

林修文道："没有你。"

童路安奇道："我不用参与？"

林修文道："不用。我说了，我只需要'美人鱼'和'斧头'就够了。"

童路安瞪住林修文，一字字道："你是怀疑我，怀疑我就是那个'谷雨'安插在'反攻队'里的内鬼？"

"不。你是谭教官的挚友。"

童路安神情复杂，道："那为什么？"

林修文道："我不需要一个失败了那么多次的人一起行动。"

童路安脸有怒色，道："你！"

林修文依然冷漠道："我不是冒犯你。"

他顿了一顿，道："两军对垒，士气至关重要，一个人长期打败仗，气势就会弱下去，所以……"

童路安道："所以我只需要开车把你们送上战场，再等着你们回来就行。"

林修文道："是。"

十五分钟后，林修文坐在一辆飞速行驶的车上，他需要赶时间。他必须要穿越一段最复杂的雨林地带，躲开缅甸政府军警的管制，然后换上货郎的装扮，通过制作的证件，以边民互市的名义，进入云南一侧。

车辆在颠簸的公路上持续颠簸，车里的人在烦躁的空气里持续烦躁。

童路安开着车,他通过后视镜看了看后排。

后排坐着两名不说话的人。

这两个人,一男一女,就是林修文所说的"美人鱼"和"斧头"。

"美人鱼"用丝巾围住了脸,露出一双深邃的眼睛。

"斧头"给人的感觉就像一柄冰冷的斧头。

童路安留意到"斧头"的手,这双手骨骼特别大,特别是指节,像鼓起的核桃。

这样的人,一定是经过高强度的训练,一双手几乎可以当作杀人的武器。

童路安又看了看副驾的林修文,这小子脸上始终有种桀骜。

林修文突然开了口,问道:"你是不是觉得很奇怪?"

童路安道:"哦?"

林修文道:"你一定觉得很奇怪。"

童路安道:"是,我很奇怪,你明明可以杀了他。"

林修文反问道:"我为什么要杀了他?"

童路安道:"你不是要买他的身份?"

林修文道:"我只是要买身份,又不是买命。"

童路安冷冷笑道:"我看未必。"

林修文道:"你难道没听到院子里有小孩的声音?"

童路安道:"那又怎么样?"

林修文道:"当着孩子杀父亲,或者当着父亲杀孩子,都不妥当。"

童路安轻蔑地笑道:"谭雨山这头'狼'教出来的,竟然会有'绵羊'。"

林修文冷冷道："我杀人的时候，你没见过。"

童路安道："杀人这种事，我们在边境搞'反攻'，有什么没见过？"

林修文道："如果杀的人没有反抗力，那不叫杀人，那叫'杀鸡'。"

童路安道："可是，有的'鸡'还是要杀的。"

林修文道："'老堆'不是'鸡'。"

童路安道："哦？"

林修文道："'老堆'比一只'鸡'有用多了。"

童路安道："为什么？"

林修文道："你知不知道'边民互市'？"

童路安道："知道。"

林修文道："那你知不知道，缅甸的商家都喜欢进口些什么东西？"

童路安道："不知道。"

林修文又道："那你知不知道，云南的商家都喜欢进口些什么东西？"

童路安道："这重要吗？"

林修文目光灼灼，道："重要。"

童路安道："为什么？"

林修文道："我们现在要扮作边贸的货郎，在'摊日'进到云南一侧，通过口岸参与'边贸互市'，对不对？"

童路安道："对。这样，对方熟悉村子男女老少高矮胖瘦的优势就没有了。"

林修文道:"问题就在这。连你都不熟悉两边的货郎各自的进出口需求,我一个外来的,怎么可能知道?"

童路安道:"高手对决,只要一丝破绽就会露出马脚。"

林修文道:"连你都明白了,'谷雨'那么聪明,怎么会不明白?"

童路安不悦道:"小子好好说话。"

林修文道:"既然'谷雨'明白这个道理,那你说该怎么办?"

童路安说不出。

林修文道:"那我就不该杀'老堆'。"

童路安还是不说话。

林修文淡淡道:"'谷雨'一定会利用我不熟悉边贸交易的特点来织网。可是我带上了熟悉所有交易的'老堆'。"

童路安问道:"那又怎样?"

林修文道:"反过来,谁在进行最奇怪的交易,谁就可能是在给我下陷阱的'谷雨'。'老堆'一定能知道,谁的价格有问题,谁的货有问题,谁的言行举止不像云南一侧的货郎,对不对?"

"对。"

林修文眼中杀意大盛,道:"那我就干掉这个人。"

童路安道:"你莫要搞错了任务的主次。"

林修文道:"我已经说过了,两军对垒,士气至关重要,干掉'谷雨',提振士气,然后我们更进一步,破坏边境面会。"

童路安道:"你不怕'老堆'举报你?"

林修文道:"不怕。因为他知道,我已经发现了'小堆'。

当着孩子杀父亲,并不是最可怕的,最可怕的是父亲做出一些愚蠢的举动,害死了孩子。"

童路安道:"所以你把'老堆'塞进了后备厢里。"

林修文道:"是。因为'小堆'在我手上。"

童路安道:"恐怕你的算盘还不止于此。"

林修文笑了,道:"你说说看。"

童路安道:"'老堆'的作用,还在于你随时可以把他当作'替死鬼'。"

林修文道:"你终于聪明了一回。"

童路安道:"'老堆'现在的状态,已经不可能像正常的货郎一样。"

林修文道:"当有人在背后盯着你,随时可以杀掉你,而且你的孩子还在对方手上的时候,很少有人的状态能和往常一样。"

童路安道:"况且这个人还悄然去打听各种交易,这个人平日里很活跃,可是这一天,却没有任何做买卖的心思。"

林修文道:"这个人一定奇怪极了。"

童路安道:"加上他的边贸证件已经被你做了手脚,他一定会成为被怀疑的对象。"

林修文道:"对,真的证件在我这儿,他会用一张和他身份不符的假证件。"

童路安道:"'谷雨'一定会把他纳入视线。"

林修文道:"是。"

童路安道:"'谷雨'一定会顺着他来查你。"

林修文道:"'老堆'就是吸引他们的饵。"

童路安道:"这样你就更有信心能找出'谷雨'。"

林修文道:"对,然后我就设下陷阱,把'老堆'和'谷雨'一起干掉。"

童路安道:"这只'鸡'利用完了,自然也该杀了。"

林修文长长出了一口气,脸上露出惬意的神色,缓缓道:"你看,我是不是说了,当着小孩杀父亲,实在不妥,所以我们还是不要当着小孩的面杀才好。"

06　春暖

"风铃：速查寒鸦身份。谷雨。"

秦丰年的代号，就是"谷雨"。

他的密码电报发到了"风铃"手中。

"风铃"是由秦丰年直接指挥的敌内潜伏者。

隐蔽斗争的历史和经验告诉秦丰年，要想彻底打垮敌人，就必须要在敌人内部建立一个内线。伟大领袖曾经赞扬过一位在敌人心脏战斗的内线，称他一个人能抵得过国民党一个师。此话所言不虚，敌人作战的最高计划，尚未发送到前线国民党军队指挥官手中，倒是已经被我方先行知晓。

一个强大的内线，就是插入敌人心脏的一把尖刀。

"风铃"就是秦丰年的尖刀。

"风铃"打入缅北"反攻军"内部，不断取得对方的信任，获取重要情报，有力地支撑了秦丰年在边境的反特、反谍工作。

接到指令的"风铃"用约定好的秘密电台，向秦丰年发送了密码信息，告知秦丰年一定注意安全。

"春暖，自知。"

秦丰年看着翻译过来的密电内容，内心一热。秦丰年苦笑了一下，这小子居然关心起自己来了。这可不妙，说明这一次他面对的对手，一定非常难办。

秦丰年指挥"风铃"打入敌内作战，已经有些时日了。他二人一里一外，搭档配合，建功无数，建立起了深厚的信任和情感。而这"风铃"是从敌人阵营里争取过来的人。

秦丰年和他是从对手变成伙伴。

要将对手变成伙伴，那得经历多长的磨砺。

能从对手变成伙伴，那得经历多少的磨合。

要把一个敌人阵营的人的思想转变过来，成为我们自己的战士，这需要用大量的事实来感化他，用正确的信仰来号召他，用热情的宽容来拥抱他。

变成伙伴后的秦丰年成了"风铃"的带线人员。

变成伙伴后的"风铃"成了秦丰年的内线。

带线人员和内线，是世界上最紧密、最特殊的关系，这种关系超过亲情，超过友情，超过爱情，超过世间一切的情感。这是可以把生命交托给对方的关系，也是可以随时为掩护对方而牺牲自己的关系，需要坚不可摧的信任。

这种关系，说它是生死之交，毫不为过。

在敌内潜伏的"风铃"，和带线人员秦丰年，已经建立起了可以把后背交托给对方的信任。

如果没有这种信任，秦丰年不可能屡战屡胜，破谍无数。

秦丰年蹲在孟象海村的一处土堆房子前，他抬头看了看烈日，阳光有些刺眼，他把脑袋缩进了屋檐的阴影之下。

他记得当年自己就是在孟象海村外的雨林里追捕的对手。那个对手,有着一个令人不敢小觑的名字。如今,那个对手成为伙伴,隐姓埋名,只有一个代号,叫作"风铃"。

从对手到战友,这可真是一种奇妙的缘分。

这个熟悉的土堆屋屋檐下,飘着一股菠萝的清香味儿。此地日照充足,水果都比北方的香甜。

秦丰年随手拿起一颗切开的菠萝,用手中的小刀快速地削去果皮,露出汁水充盈的果肉,然后大咬一口,菠萝的香味立刻填满口腔,那冰爽感觉,直达灵魂深处。

这颗菠萝是秦丰年上午九时左右,在"摊日"的集市上和别人换的。

孟象海村的"摊日"已经开始了。

孟象海村的定点边民互贸集市在村子的东北方,这个集市并不大,两百来米的狭长道路,两边是老旧的土堆房屋。

然而,这狭长的两百米"互市",是从边境口岸进入云南一侧的必经之路。

要经过孟象海村,通往孟纳城,去破坏边境面会,这条路是最近的路。

秦丰年躲太阳的土堆屋,就在"互市"的入口。

所有新进的货物,他都能第一时间看到。

所有新进的货郎,也都能第一时间看到秦丰年手上要卖的东西。

此刻的秦丰年说着一口流利的地方话,在集市上显得颇为活跃。他手上的物资,都是提前从当地村民那里收集而来的,包括缅甸一侧最需要的一些货品。

他的货品十分对路。

但是他的价格十分惊人。

价格低得惊人，低得吸引了所有来进行边贸的货郎。

他就是一个成交活跃的当地货郎。

只是谁也不知道，这个货郎，他的眼睛，永远都在偷偷看着别处。

他的伙伴，另外两名反特小组的同志王汉英、林边，分别在集市上闲逛，观察缅甸一侧过来的货郎。

根据王汉英从边检站得到的消息，今日凭边民互贸证件进入集市的，一共有四十一名缅甸货郎。

眼下在这狭长的"互市"里，已经挤满了两地的货郎。

王汉英和林边已经有所发现。

一名缅甸货郎有些问题。

这名货郎似乎根本就不关心今天集市上卖些什么东西。

这名货郎的眼睛，也一直在看着别处。

秦丰年也看出了他的异常。况且，十几分钟前，林边向边检部门询问，查知他的证件有问题。

这名证件有问题，又不关心货品交易的货郎，是不是就是特务"寒鸦"？

他应该还有同伙，同伙在哪儿？

顺着他查下去，应该就可以将敌人成功猎捕。

可疑货郎已经从"互市"里走了出去，根据两地的"互市"规定，持合法边贸互市证件的边民，可以在双方认可的范围内活动，这个范围既包括定点的集市，也包括集市以外，孟象海村的其他一些地方。

正常的互市边民在孟象海村"互市"做完交易就撤出了，一般不会在村里到处走动，走出"互市"的范围，是违法的。

也就是说，边民进入孟象海村进行"互市"贸易，除了在定点集市活动外，最大的活动范围，也不过就是孟象海村。一旦越过孟象海村的地界，就会被视为非法越境。

在秦丰年看来，"寒鸦"的目的，是在最短时间内赶到孟纳城，破坏边境面会，那么他一定会设法离开孟象海村。

谁走出孟象海村，谁就有问题。

可疑货郎此刻正向着村口的方向走去。

秦丰年使了个眼色，王汉英和林边跟了上去。

对于暗处的林修文来说，只要有人查缅甸货郎"老堆"，那人就是"谷雨"。

猎人和猎物的游戏开始了。

可谁是猎人？谁又是猎物？

秦丰年想抓林修文。

林修文却想的是要秦丰年的命。

07　重生

"反攻队"的名字叫"队"。

可是，它的建制可一点都不低。

具体有多少人，一直不为外界所知，它就驻扎在金三角的雨林之中。

一度成为缅北割据势力的国民党孤军在国际社会多次抗议之下，开始撤回海岛。

缅北孤军明面上的问题得以解决，可是暗地里的"反攻队"依然存在。

海岛当局一面做出撤出的姿态，一面又丝毫不放弃对这块地区的势力耕耘。"反攻"，一直是海岛方面念念不忘的梦。为了迎合"反攻梦"，海岛情报部门组织了很多派遣工作，一批又一批年轻人被派往实施渗透、破坏的特务活动。

随着大陆政权的稳固和民心所向，这个梦越发难以延续下去。迫于国际社会的厌恶观感，当局已经对滇缅地区的各种不入流的暗杀、破坏活动感到尴尬。

"反攻队"就像鸡肋。

这种感觉不光在岛内存在,甚至在"反攻队"的"司令部"里,也一样存在。以至于一直都有传言,说海岛当局要撇清所有和滇缅地区特务组织、特务活动的关系。

如果真是那样,又会出现什么样的局面?

这个问题让"风铃"很头疼,引发头疼的起因是昨天拿到手的一份外文报纸,报纸上刊登了东南亚国家向联合国发出联合声明,要求清理金三角的毒枭武装盘踞。

这矛头不光指向毒枭,更是指向已经呈现新一轮割据之势的"反攻队"。过去的缅北孤军、如今的"反攻队",都曾为了自给自足,而大量涉足罂粟产业,进行毒品销售。

有货、有人、有枪,这让金三角成了一张"世界名片"。

以毒养政,这无异于饮鸩止渴,如果说政权之争尚有持不同态度者,那么对于毒品,恐怕世界上没有哪个国家持欢迎态度。

国际观感越来越差,海岛当局自然压力颇大。看样子,任务很快就能完成,到那个时候,"风铃"又该何去何从?

还是回大陆吧。秦丰年承诺过他,要陪他一起回大陆老家看看,老家的豆瓣酱从小吃到大,还不知道原产地的是什么滋味儿。

"风铃"伸长了腿,躺在长长的座椅上。雨林里的阳光从木屋窗户洒了进来,照到他古铜色的面孔上,泛起一阵薄薄的光。

"风铃"年纪不大,脸上有一道恐怖的长长的疤,这个疤的位置很奇特,从太阳穴下面,一直拉到了下颌。由于这道疤,他右侧的脸和左侧的脸,有些不同。

这样一道疤,用肉眼可以看出,是弹片炸裂造成的伤。

这样一道疤,若要完好恢复,势必造成容貌的颠覆性改变。

这道疤是"风铃"人生的转折点。

如果不是那次爆炸,他根本不可能找到人生正确的信仰道路。

他在雨林侦察作战时,遭遇了一次爆炸,他挣扎着求救,却被抛弃。被人民解放军打得仓皇而逃的"国军"指挥部,认为他已经是个负担,是个累赘。

对于"反攻队"而言,他一个前线情报侦察兵,其命何其轻!

出乎他意料的事情发生了,拯救他的,是对方阵营的秦丰年。

他一度寻死,因为谭雨山教官告诫过他们:一旦成为战俘,生不如死,所以,宁可自己结束,"党国"会善待你的家人。

他还有一个弟弟,"党国"会如何善待他的弟弟?连自己都能成为弃子,凭什么他要相信这个承诺?

他选择了活下去。

只要活下去,就总有能见到家人的一天。

事实证明,中共对待战俘,从来都是宽容的。一切妖魔化的论调,不过是政治谣言。秦丰年不光拯救了他的性命,还拯救了他的思想。

秦丰年带着他在大陆走动,让他真正意识到老百姓已经不想打仗了。为什么要为了"反攻"派遣那么多年轻人来滇缅边境赴死?

有一次,他带领情报大队进行前线侦察,遭到缅方军队伏击,大队死伤惨重,退入一个岩洞躲避。他永远忘不了当时岩洞里的场面,最小的队员才十五岁,因为失血过多,生命垂危,神志有些混乱。

那队员口中迷迷糊糊地抱怨道:"为什么要'反攻'……为什么要'反攻'……'反攻大陆'就算成功,也是权贵高高在上，我为什么要'反攻大陆'……我要活着回家……"

这一幕，让"风铃"感到天旋地转。

就算他自己脱离了战场，这些年轻人仍会被不断地派遣而来，而他的弟弟，说不定也会成为其中之一！

和秦丰年相处的日子，"风铃"找到了自己的思想道路。他曾一度痛恨抛弃他的"党国"，可是现在，他已经将这种"痛恨"消解，在他心里，他只想通过自己的努力，结束这场不义的战争。

分手在即，秦丰年准备好了车船相送。"风铃"却在拉开门的那一刻，停下了脚步。

他选择留下继续斗争。

秦丰年看着"风铃"，光从门后照进，形成逆影，不见"风铃"的面目，仿佛暗示着"风铃"今后的人生。

你要留下战斗，你信不信得过我？

信！

可以把命交给我的那种信？

是！

因为确认过彼此拥有共同的共产主义信仰，所以可以一起浴血奋战。

从那天之后，"风铃"的真实身份消失了，成为在那场爆炸中粉身碎骨的名字。在那场全员阵亡的爆炸中，只有一个叫作"赵福元"的高级校官，刚从海岛空降滇缅地区，尚未到"司令部"报到。

这位即将重新进入战场的战士，面容已毁，身份已灭，正好借用这位"赵福元"的身份打入"反攻队"的"司令部"去！

经过秦丰年及其上级的精心策划与设计，一个完美的打入计划展开了。

从今天开始，你将忘记你本来的名字，你现在叫赵福元，高雄人，中学文化，懂英语，陆官学院主修作战参谋学……

你将在黑夜里潜行，你将听风而动，代号"风铃"。

这一次，你斗争的对象，是一切不义的暗杀、破坏、渗透，一切破坏边境安定的特务活动！

"风铃"的眼睛很暗淡，他的眉宇很暗淡，他的鼻梁很暗淡，他整个人就像是一片枯叶，扔到雨林里，根本不起眼。

他这些不起眼的特性，正符合他所处的位置，符合他所从事的任务。

"风铃"潜伏的位置，是"反攻队"的"司令部"。

他屡次立功，颇受"司令"青睐，担任"参谋部"的要员。

他虽然貌不起眼，却通晓国际形势，他有不错的英语基础，会东南亚大部分国家的语言，善于应付各种"外交"辞令和场合。他有头脑，多次为"司令"充当参谋，献计如何巩固金三角的防务。

他从来不会争功。他总是抱着对自己容貌的自卑感，悄然退到幕后，这让他赢得了同僚的好感。

"风铃"也有迷茫的时候，他必须要扮演一个忠诚的"党国卫士"和"三民主义信奉者"，也要扮演一个能和下层士兵打成一片的"和气佬"。

留在这里继续搞"反攻"的，一部分是贪功贪财的，念着当局对他们承诺的荣华富贵，而另一部分，特别是"司令部"高层圈子，基本上都是"党国利益至上"的"忠诚分子"。

有时候扮演得太久,"风铃"也会很疲惫。

他应付"反攻队"各色人等,也应付缅北地区各类势力。

他会利用一些外出联络各国、各组织高层的机会,飞到就近的第三地,比如新加坡。

他冒着风险,巧妙设计,飞赴他国,就是为了在他国图书馆借阅《毛泽东选集》。

"风铃"翻阅着手上的纸张,油墨的香味扑鼻而来,他不禁感慨,要是有一天,自己能光明正大地阅读这些书籍,这将是多么可贵的事!

他只希望有一天,能尽快结束这场看不见的战斗,这样,岛内的年轻人就不会再被派来执行这样的事。当然,他的弟弟也能安心念书,不用担心被强行要求服兵役。

他真想念他的弟弟啊,这小子现在怎么样了?

想完了在海岛的弟弟,"风铃"又开始想念秦丰年。他早就把秦丰年当成了自己的弟弟,比亲兄弟还亲!

嘿,秦丰年又在干什么?什么时候调回北京?他和王汉英会不会走到一起,成为一对革命情侣?

心有所想,事有所至。就在"风铃"回到缅北"司令部"的前一刻,他在秘密电台联络点收到了秦丰年发来的密码电报。

"速查寒鸦身份。"

他立刻动了起来,这事关系到秦丰年的安危。反特斗争向来危险。

对于"风铃"来说,要调取一份从海岛派遣过来的人员档案,并不是难事,他可是"司令"跟前的红人!要说情报人员的档案涉密,再涉密,也是直接由"司令"掌握和指挥的。

就在"风铃"看到这份人员档案的时候,他如闻雷轰,呆立当场。

"寒鸦"的真实姓名,叫林修文。

这是个很遥远的名字。

根据派遣档案里谭雨山的记录,这位林修文宁为玉碎,不做战俘,一定会反抗到底。

他到底该不该给秦丰年报信?

这些年,他向秦丰年提供反间谍、反特情报,协助秦丰年抓获敌人无数。

可是这一次,他犹豫了,他将面临人生最大的两难。

如果他报信,林修文死。

如果他不报信,秦丰年死。

他感觉自己差一点就忘记了一个名字。

他猛然想起自己并不叫"赵福元"。

他本名叫作——林修武。

林修武的手颤抖了起来,面前的发报机就像一架天平,站在生死天平两端的,都是他的"兄弟"。

林修文的手臂上有一个只有林修武知道的特征,只要发出这份电报,秦丰年设立在孟象海村的地下联络电台就能收到。

换言之,秦丰年只要抵达了孟象海村,就已经稳操胜券。

秦丰年一定能用自己的办法,查清林修文的特征。

林修武想起当年那场可怕的战役,那名垂死战友的声音在他的脑海中回荡:"为什么要'反攻'……'反攻大陆'就算成功也是权贵高高在上……我为什么要'反攻大陆'……我要活着回家……"

在林修武内心深处,弟弟林修文依然阳光、聪明。他抱住了自己的头,他最怕的事情发生了,弟弟林修文还是成了牺牲品。

如果林修文拒捕,秦丰年会不会开枪击毙他?

如果秦丰年一时心软,林修文会不会痛下杀手?

这一水之隔,两岸皆是兄弟!

林修武发报的手悬在空中。

08　摊日

孟象海村是个大村镇。

它的东南西北各有一口古井，相传打于明代。

现在村民已经喝上了自来水，古井就变成了一种陈设。

东面的井口有雕花龙象，源自小乘佛教里的吉祥图案。

现在，一名可疑的货郎正走向这口古井。

他的身后，跟着"边境反特工作小组"的女干部王汉英。

这口古井在村子的东面，离东面村口不远。

这个位置已经完全超出了"互市"的范围。

也就是说，在"互市"里装扮云南货郎的秦丰年，看不到这个地方。

秦丰年正在吃菠萝，他切开第二个菠萝，然后把最好吃的菠萝块留了起来，那是他给王汉英准备的。

王汉英刚刚脱离视线，林边就动了起来。

林边的脚步刚要迈出，秦丰年却伸手将他拦住。

林边不解，道："怎么？"

秦丰年低声道："你是不是觉得那个货郎很可疑？"

林边道:"是。"

秦丰年道:"那就对了。"

林边道:"我向边防查过,这个人的证件有问题。"

秦丰年道:"我也问过了,这人叫'老堆'。"

林边道:"他不是'寒鸦'?"

秦丰年道:"不是。"

林边问道:"你怎么知道?"

秦丰年道:"我调查过了,那些来我摊位上的缅甸货郎里,有人认识他。"

林边紧张起来,道:"那汉英姐跟上他,你为什么不说?"

秦丰年道:"我问到的时候,王汉英已经跟上去了。"

林边道:"'老堆'是个真货郎?那汉英姐会不会有危险?"

秦丰年道:"'老堆'是真货郎,王汉英怎么会有危险?"

秦丰年看着东面转角的地方,一字字道:"'老堆'明显受人胁迫。胁迫他的人,意图和身份已经很明显。"

林边道:"'老堆'就是引我们出来的饵。"

秦丰年道:"是引我出来。"

"是。"

秦丰年道:"他胁迫'老堆',无非有两个用意。第一,让'老堆'识别谁不大像正宗的云南货郎。第二,用证件有问题的'老堆'来钓出我们。"

林边道:"他已经识别出了?"

秦丰年道:"我既然能从缅甸货郎中找到认识'老堆'的人,'老堆'自然也能看出我并不是真的云南货郎。"

林边道:"此刻的'老堆'并不是要逃离村子。"

秦丰年道:"既然'老堆'是真的货郎,他为什么要逃离村子?"

林边道:"是的,他不必逃离村子。"

秦丰年道:"'老堆'一定有要命的事被人胁迫,他现在一样货品都没成交,就离开了这条街。你说,他要干什么?"

林边道:"他要向胁迫他的人汇报,到底谁不是真的云南货郎!"

秦丰年道:"所以,谁接近'老堆',谁就是'寒鸦'!"

林边道:"如果我跟太紧,就会打草惊蛇。我们现在要怎么办?"

秦丰年掏出一个怀表,怀表的指针快速转动。他在计算时间,差不多了。他对王汉英有绝对的信心,他俩已经建立起了强大的默契。他目光灼灼,道:"好了,现在,我们该跟上去了,一个一个解决。"

盯梢是个技术活。有盯梢,就一定有反盯梢。

目标在不在控制范围?目标是不是测盯梢的饵?目标如果是饵,那么盯住盯梢人的幕后人,一定会保持在一个安全的距离。这个距离不能太远,太远会让局势失去控制;也不能太近,如果太近,别人轻易看穿是个设饵的陷阱,那这局中局就没意义了。

秦丰年话未说完,二人就看见一个纤细的身影,朝着王汉英消失的转角走了过去。

那身影明显是个女性,她拎着货品篮子,腰肢柔中带刚,头上罩着当地人戴的纱。她的步态很急,步子很快,但是很轻,像是不经意地在赶集。

村东古井旁有一个茶水摊子,老板卖茶水,也卖烟草。茶水摊子一茶一座，茶客里有本地的村民，也有两边来"互市"的货郎。摊子最外边的茶客是一个面生的老汉，正抽着烟与旁边几人交谈甚欢，还不时和茶水摊子的老板娘开玩笑。

"老堆"像是走累了，他看见茶水摊子的长条凳子，简直挪不动步子。他回头瞟了一眼身后，眼神中充满惊恐和紧张。

一个人极度紧张久了，就会很口渴。

"老堆"在茶水摊子要了一碗茶水，他仰起头，"咕嘟咕嘟"地喝。

就在他仰起头的时候，他自然是看不到街面景象的。

他无论如何都想不到，就在他看不到街面的一瞬，街面斗争的局面已经发生了变化。

"老堆"刚刚那一眼的惊恐和紧张，被尽数收入王汉英的眼底。这是被人胁迫的恐惧。

"老堆"是真货郎无疑，他所有的异常，都是敌人故意设计出来的，目的很明显，就是引秦丰年等人上钩。

王汉英本能地停下了脚步，她计算着时间和距离。在这个地理环境下，敌人既然让她跟上"老堆"，那么敌人自己也一定不会离得太远，一定会在一个可控范围内。

就在王汉英停下脚步的时候，她身后那罩着面纱的女人已经走到了她背后。

脚步停下时，恰好踩在一片枯叶上，发出肃杀的声音。

王汉英感到背后一阵冷风袭来。

那罩着面纱的女人从货品篮子里抽出一把弯头缅刀，从一个刁钻的角度砍向王汉英的后背。

这女人竟然有这么快的身手！

这一刀，又快又准，一眼便知是经过特战训练的致命招数。它角度刁钻，斜里飞出，自下而上，是典型的近战杀法，如果不使用护具格挡，根本无法招架。

王汉英大骇之下，向前一扑。这一刀挑破了她背后的衣服，削断了她一撮头发。

王汉英着地一滚，向身旁的巷子里扑去。在大道上和特务死斗，会引发骚乱，也可能打乱秦丰年的计划。

那追命的弯刀又追了过来，王汉英顺手抓起地上的一根木棒挥了出去，只听一声脆响，弯刀将木棒劈成两截。

借着这一停顿的工夫，王汉英已经蹿身反击，她出手快速，伸臂便要去空手夺那白刃。

女特务的弯刀侧了一侧，将刀面迎向烈日，阳光反射刺中王汉英的双眼，王汉英的行动微微一滞，下意识地微微侧头，露出了领口下雪白的颈项。

利用一切环境条件来解决对手，是这名女特务接受过的特战训练课程。

王汉英身形停滞的这一瞬，女特务的刀劈向了她的颈项。

这一刀，已经没有任何躲避的空间和时间！

王汉英尚未睁开眼睛，就已经感受到汹涌而来的死神气息。她与敌人斗争过三十余次，从未有过如此接近死亡的时刻。

电光石火之间，一只手稳稳地从后面抓住了女特务的手。

那弯刀灌满了力量，根本无法收刹；那只手很稳，女特务竟然被自己向前扑杀的力度带得身形踉跄。

那只手的力道又变了，它稳稳地包住那只紧握弯刀的手，向后一拉，借着女特务刹不住的扑杀之势，顺势向左轻轻一带，就连刀带人，揉到了地上。

这是极其熟练的擒拿手法。

王汉英睁开眼睛，就看到了笃定、稳重的秦丰年。

秦丰年年纪不大，身手却很厉害，他日常低调，不显山露水，可是一出手，就是过硬的功夫。

秦丰年将女特务铐了起来，惊魂未定的王汉英直起身来，用一把手枪指着她的背后。

秦丰年缓缓道："初次见面，'美人鱼'。"

"美人鱼"目光之中满是惊讶，没想到她连代号都被人知道了。

两名反特小组的干部从巷子尾巴钻了出来，"美人鱼"被悄无声息地带走了。

悄无声息，只因为这场猫鼠游戏还没有结束。

"老堆"喝完了茶水，把茶碗放下。

难得"摊日"，茶水摊的老板娘热情好客，劝他坐下歇会儿，与大家聊聊天。

"老堆"便坐了下来，问茶座上正在抽水烟的老汉讨了一口水烟抽抽。

"老堆"用力抽了一口烟，直把水烟筒里吸得汩汩作响，像是缓解自己紧张的情绪。

"老乡，我也来一口。"一个沉稳的男声响起。

诸人抬起头，就看见一个笃定、稳重的年轻男子坐了下来。

这男子和大家一一打招呼，很是和善。茶座里认识他的、不认识他的，都对他报以微笑。

这男子正是秦丰年，他已经从巷子里出来了。

敌人用"老堆"吸引王汉英，王汉英将计就计，吸引了"美人鱼"。她停下脚步，和"美人鱼"单挑。在及时赶到的秦丰年的帮助下，现在"美人鱼"已经落网。"老堆"是受胁迫的真货郎，那么"老堆"要向谁汇报秦丰年是假扮货郎的事？

这个人，一定在附近观察着一切。

王汉英和"美人鱼"遭遇的地方离茶摊有五十步距离。

"美人鱼"砍向王汉英的第一刀，角度刁钻，不走近的话，根本没人能看出动静。王汉英躲避之后，也把"美人鱼"引向了巷子里——这说明大家都不想闹出太大的动静。毕竟这才刚开局，还没到摊牌的时候。

盯梢和反盯梢的较量，说到底，就是你在观察我的同时，我也在设法观察你。

"美人鱼"向王汉英动手，刀法隐蔽，那茶摊的茶客在这个距离下，自然看不清。

"老堆"在仰头喝水，也不可能看清。

可是，有两个人的目光却扫了过来，那抽水烟的老汉和那热情的老板娘！

"美人鱼"选择隐蔽地干掉王汉英，"上峰"林修文说了，从个体上打击中共的反特人员，提振士气，对"反攻"也是有利的。将计就计抓捕"美人鱼"，这个动作在秦丰年一方的计划之内，换言之，这在林修文一方的意料之外。

那抽水烟的老汉和热情的老板娘，在那一瞬都抬起头来，看了"美人鱼"一眼！

这一眼快速地扫过，又快速地收回。

仿佛一切都和自己无关。

而这"仿佛一切和自己无关"的举动,已经被秦丰年尽收眼底。

你在观察我的时候,我也在设法观察你。

对于训练有素的秦丰年来说,这一瞬间,能捕捉到周围很多变化,包括这二人抬头的一眼。

这抬头的一眼,是一种猝不及防的本能反应,是不是说明他们认识"美人鱼"?

海岛陆官学院的情报派遣人员,在校期间有一门必修课,是化装变身。那么,热情的老板娘,抽水烟的老汉,他们谁是"寒鸦"?

秦丰年选择主动出击,他坐了下来,打这一圈招呼,把茶客里的关系都摸了一摸。那茶水摊的老板娘,明显和本地茶客都熟识。

老板娘基本可以排除嫌疑,那么现在就只剩下一个目标了。

09　水　烟

林修文远远地看着一切，像是一只潜伏在雨林里的豹子，在观察自己的猎物。

他躲在一个农房里。

农房是两层的水泥房，在这个年代的村镇里已经算是高档住宅。

从水泥房的二层向东望出去，能看到茶水摊周围所有角落。

当然，不包括秦丰年抓捕"美人鱼"的巷子。

那个巷子是王汉英给"美人鱼"选好的视角盲区，就算有敌人在周边居高临下，也不可能窥视到巷子里的情景。

林修文正握着一把远程步枪。

这把步枪是他入村后组装的。

"反攻队"的童路安告诉他，他们已经通过化整为零、拆散走私，将许多武器配件用蚂蚁搬家的方式，运到了云南一侧。只要有需要，可以迅速找到它们，组装起来，发挥撒手锏的作用。

林修文就是在入境之后，在孟象海村找到了这些分散藏匿的武器配件。

陆官学院的武器拆装课，林修文是满分。

他几乎没有费什么力气，就从分散的配件里找到了需要的配件。

武器有配件，意味着他们能运送物件入境。换言之，人也一样有内应。

林修文组装的这把枪，虽然距离不如狙击步枪，可是远程射杀秦丰年已经绰绰有余。

他从瞄准芯里看着秦丰年的一举一动。

秦丰年从巷子里出来，想必他的一名同伴已经被捕。

他也不着恼，对于他们来说，没有同伴一说，任何人，在需要的时刻，都可以被牺牲掉。

大家都是为了"领袖"能"反攻"而战。

林修文静静地观察着秦丰年。

这真是个笃定、年轻、阳光的男子。

他举手投足，都动静有度；他说的每一句话，都暗含智慧。

这样的男子，如果不是敌人，那该多好。

这样的男子，是自己的敌人，那多可怕！

瞄准芯里的秦丰年正在和热情的茶摊老板娘搭讪，搭讪完老板娘，又搭讪一个抽着水烟的老汉。

老汉的神情有些不自然，但没什么，这都是林修文计划中的事。只有引发了骚动，"谷雨"的所有注意力被吸引，他才有可能活动自如。

牺牲一个同伴，算得了什么！

如果瞄准芯里的男子再进一步确认抽水烟老汉的身份，那么就可以断定，这名男子就是"谷雨"。

"老堆"已经排查出了谁不是真的云南货郎。

只要"老堆"进一步向林修文一方发出信号,就说明这名男子就是被排查出的人,那么林修文就可以毫不犹豫地扣动扳机!

枪响之后,胜负既分。

太阳还是那么烈,阳光顺着水泥房的二层墙壁,溜进了窗户,洒在林修文的额头、面颊、眉间。

他滴下了一排汗。

汗味儿里渗透着血腥味儿。

他知道自己已经杀心大起,他必须要杀人,就算把"美人鱼""斧头"当作弃子,他也一样要杀人!

瞄准芯里的秦丰年和抽水烟的老汉打完招呼,客客气气地说:"老乡,我也来抽一口?"

他用的是地地道道的缅甸语,还夹带着边境两侧的方言。

那抽水烟的老汉笑着,把水烟筒递给了秦丰年,眼睛却看向了"老堆"。

他在等待"老堆"的信号。

"老堆"只要点点头,告诉他们,面前的这个货郎就是有问题的云南货郎,那就什么都无须多言了。

在这个时候,"老堆"却低下了头。真有种,他居然能顶住压力。

抽水烟的老汉瞪了瞪"老堆",在"老堆"发出明示的信号之前,他已经将水烟筒递给了秦丰年。

"老堆"终于抬起头来,他眼神里出现了屈服的神色。他知道自己的儿子在林修文手上,他必须完成自己的任务。

秦丰年接过了水烟筒。

整个茶水摊安静了下来。

整个村子的时间似乎也慢了下来。

阳光、空气都仿佛静止了。

整个空间弥漫着橡胶和肃杀的味道。

眼前的男子,到底是不是"谷雨"?

林修文和抽水烟的老汉,都等着"老堆"的信号。

秦丰年大口地抽起水烟来,仿佛世界都和他无关。

"老堆"的眼神终于和那抽水烟的老汉相接,他很肯定地传递了信号。

水泥房二层的林修文把心提到了嗓子眼,他准备扣动扳机。

蓦地,他发现瞄准芯里的画面变了变。

秦丰年将脑袋凑到了抽水烟老汉的脑袋后面,这样一来,林修文就无法瞄准他。

秦丰年把嘴巴凑到抽水烟老汉的耳朵旁,小声地说道:"老乡,云南的水烟不是这样抽的。"

就这么简单的一句话,整个局势已经起了巨大的变化。

这句话意味着所有伪装都已被识破!

也意味着秦丰年已经找到了可以掩护自己的位置,他不光脑袋凑到了老汉的脑袋后面,连身子也凑到了茶摊的撑伞柱子后面——这是个天然掩体,根本就不怕远程步枪。

林修文咬紧了牙关,却无法射击。

秦丰年右手的手铐已经伸了出去,那抽水烟的老汉用力掀翻了茶摊桌子,抓起茶摊上的茶具,向秦丰年的头部砸了过去。

秦丰年只是轻轻一格,然后一带,就把老汉揉到了地上。

那老汉从地上弹了起来,伸臂去抓秦丰年,他要把秦丰年从茶摊的掩体位置上挪开。

秦丰年手臂一挥，将老汉再次揉到地上。

他虽然以碾压的实力击倒了对方，可是他的眼睛在看着别处。

那老汉想要把秦丰年从掩体的位置挪开，势必是为了给同伴开枪制造条件。

那么他的同伴在哪儿？

秦丰年将老汉扣住，倒拉他的双肩，将他挡在自己的胸前。

秦丰年扣住了老汉的手，挽起了老汉的袖子，像是在寻找什么印记。

秦丰年大喝道："'斧头'，你服不服？"

那老汉眼中全是惊讶，连代号都被人知道了。

步枪后面的林修文笑了，他知道秦丰年大意了。

那热情的茶摊老板娘忽然伸出双手，将一盆滚烫的茶水泼了过去。

秦丰年只能疾退三步，那老板娘倒持一柄锐器，追了三步。

那老板娘出手又快又狠，她的手臂像男子一般有力，她的指节像鼓起的核桃。

那老板娘轻轻道："谁说他是'斧头'？"

轻敌了？失策了？

秦丰年内心震动。谁说"美人鱼"就一定是女的？谁说"斧头"就一定是男的？

那巷子里抓捕的女特务，不一定是"美人鱼"，也可能是在境内接应"寒鸦"的潜伏特务。

之前抓获了女特务，以为她就是"美人鱼"，于是就顺理成章地认为茶水摊上只有一个男特务，这是先入为主！

那抽水烟的"老汉"，才是"美人鱼"。

而那老板娘才是"斧头"。这衣袍宽大的老板娘，谁说就一定是女的？

代号能叫"斧头"的，身手也一定比"美人鱼"厉害得多。

老板娘手刀连劈，秦丰年慌忙躲闪，他身后的桌椅竟然被老板娘的手刀悉数劈开，这可真是要命的"斧头"！

最关键的是，秦丰年为了躲避这致命的连击，已经跑出了掩体之外，他整个人都暴露在了林修文的射击范围之内！

林修文长吸一口气，机会来了！

杀掉"谷雨"，提振士气！

林修文的手用力扣向了扳机。

起风了。

风里的橡胶味和肃杀味，加重了些。

林修文突然停了下来。

他像是被雷击一般，全身震颤。

林修文知道，"斧头"的性格就是这样，只见"斧头"逼退了秦丰年，然后自己再次扑了上去，伸手去掐秦丰年的脖子。

跑那么近干什么！

说好了在一定射程内，那是林修文的事。

这"斧头"扑上去，和秦丰年又形成近身作战。

近身作战对秦丰年太有利了。

于是林修文就看见瞄准芯里的秦丰年再次施展擒拿术，将"斧头"揉在地上。

可是，这并不是让林修文吃惊的地方。

林修文是被秦丰年的下一个举动震住的。

秦丰年扣住了"斧头"的锐器，然后挽起了"斧头"的袖子。

为什么秦丰年会有这个动作？

刚刚秦丰年也这样检查过老汉的手臂。

秦丰年在确认什么？连续两次的重复动作，绝非巧合。

他为什么要这么做？

秦丰年这样做，是因为收到了"风铃"的电报。

"风铃"还是把电报发了出来。

"风铃"还是把"寒鸦"一行的动向，告诉了秦丰年。

最关键的是，他还告诉秦丰年，"寒鸦"叫作林修文，他有一个只有"风铃"才知道的特征，这个特征在他的手臂内弯处。

只有"风铃"知道。

因为"风铃"是他的哥哥，林修武。

林修武是对秦丰年有多大的信任，才能发出这样的电报。

秦丰年是对林修武有多大的承诺，才处处留手，不出杀招。

当然，对于未来如何处置林修文，秦丰年是请示过上级，严格依照政策来的，个人情感不能置于政策之上。

林修文全身都颤抖了起来。

这个特征，只有他哥哥林修武知道。

他来滇缅边境执行任务，一部分原因是为了找到他的哥哥林修武。

秦丰年既然知道他身上有这样的特征，那么秦丰年一定知道他的哥哥林修武在哪儿！或者说秦丰年一定见过他哥哥林修武。

林修文犹豫了，如果打死秦丰年，那么他追寻哥哥的线索势必会再次中断。

蓦地，他的眼角滑落一行热泪。

他内心剧痛。

他意识到问题的另一个层面：秦丰年既然在几个目标之间查看只有他哥哥才知道的特征，那么他哥哥势必已经将他的身份发送给了秦丰年。

林修文的手悬在空中，这一枚致命的子弹，他根本无法击发。他不知道自己该怎么办，秦丰年是目前唯一知道哥哥在哪儿的人。

我是你的亲弟弟，你却向秦丰年出卖我！

10　中计

秦丰年铐上了"斧头",也铐上了"美人鱼"。

秦丰年长出一口气,心中默默复盘。"斧头"是男的,可是他扮演了和人人都熟的老板娘。"美人鱼"也是男的,他很年轻,可是他扮演起了抽水烟的老汉。他们以缅甸货郎的面貌混入,然后趁着大家不注意,躲起来换了装。

他心中回演了一遍刚刚的惊心动魄,好厉害的对手,好厉害的化装。

"寒鸦"小组缩减了人数,来的不是六个人。

秦丰年想,看来林修文临时将既定的三人再次变了一变,启用了已经潜伏在云南一侧的一名女特务,也就是王汉英与秦丰年在巷子里解决掉的敌人。

王汉英正在处理巷子里捕获的那名女特务的善后工作,此女能来接应林修文,到底是什么身份?是初次潜入,还是潜伏已久?

她初步问了几句,就将人扔给了善后的干警。

她要赶快跟上秦丰年。

秦丰年很快就要回北京去了。

过去的日子里，王汉英和他之间产生了深厚的情意。

或许他二人都是一样的心思，战斗还没结束，谈什么儿女情长。有些情愫，彼此不说，但都会一一映射到生活之中。王汉英记得秦丰年的所有喜好，他喜欢吃菠萝，喜欢喝罗汉果泡的水。在秦丰年眼中，王汉英就像天上的繁星，闪闪发着光，他答应过她，等一切结束后，要邀请她去感受北京城的四季变换。在王汉英眼中，秦丰年是神一样的存在，没有他完不成的任务。

其实王汉英不知道，昨天晚上，秦丰年悄悄告诉过林边，等完成这次任务，他就要向王汉英表露心扉，这是属于两个男生卧谈的秘密。

有些话，任何时候说，都不会迟。

王汉英赶了上去，她要和秦丰年一起作战。

有什么能比和自己爱的人并肩作战更鼓舞人生？

战斗才刚刚开始。

一场电光石火的打斗，所有人都被惊跑了，"老堆"却没有跑。

"老堆"不知道自己该往哪儿跑。

"老堆"蹲在角落里，抱着膝盖，蜷缩成一团。

秦丰年走了过去，看着"老堆"，"老堆"害怕极了，他简直不敢看向秦丰年的眼睛。

"老堆"抱着头，用力地大喊："我不是同伙！"

秦丰年沉声问道："你的儿子，是不是被人挟持了？"

"老堆"低下了头，长长地出了一口气，颤声道："你怎么知道？"

秦丰年指着"老堆"胸前挂着的一个香樟木牌，木牌上刻着一个小孩和一个男子。

秦丰年道:"你孩子多大了?"

"老堆"道:"我,我不知道……"

他声音越来越发颤,几乎听不见他在说什么。

秦丰年道:"你若是不向我说明情况,我没有办法帮助你。"

"老堆"点了点头,嘴角动了动,像是要说什么。

秦丰年弯下身子,问道:"到底是谁胁迫了你?我们能帮你解救你的儿子。"

"老堆"道:"你确定能够帮助我?"

秦丰年肯定道:"是的,一定。"

"老堆"迎了上来,想要给秦丰年一个感激的拥抱。

秦丰年猛地感觉自己的腹部像是被人用力打了一拳。他伸手摸向自己的腹部,摸到一截木质的把柄,随后一阵冰冷的剧痛迅速传遍了全身。然后,他看见"老堆"抬起头来,眼神变得无比锐利。

"你!我是来帮你的!"秦丰年咬紧了牙关。

"老堆"一字字颤声道:"是!把你的命给我,就是最大的帮助!"

这句话像是一桶冰水,从秦丰年头上直淋了下去,淋得他浑身冰冷。

"老堆"猛地用力向外拔出匕首。

秦丰年用力抓住匕首,他手上满是自己的鲜血。

如果匕首被拔出,自己势必大量出血而死。

秦丰年脑中冒出一个念头:我还不能死,我还有话没对王汉英说!那个傻傻的王汉英还在等着我带她去逛北京城!

最危险的敌人,原来在最后。

从"老堆"那可疑的证件开始,就是一场局中局。

局中有局,局中再有局,再三有局。

"老堆"看了一眼林修文持枪隐蔽的方向,林修文已经离开了。

他的任务完成了。

他的任务可不光是识破秦丰年的货郎身份。

林修文用最短的时间说服了他、征募了他。

秦丰年感觉自己全身的力气都在流失,他几乎就要软倒在地。

"老堆"继续夺刀,他恶狠狠地道:"我要拿你的命,去换我儿子的命!"

秦丰年内心五味杂陈,林修文真是个可怕的敌人,他抓住了对手所有的软肋,包括无辜群众的慈悲与同情,这计中计、局中局最后的杀招竟然在"老堆"身上。

秦丰年夺刀的手渐渐失去力气,他第一次感受到死神的临近。

坏了,和王汉英的所有约定都实现不了了。

"老堆"抓起了一个水壶,用力敲打秦丰年的头部。

秦丰年格挡不及,只觉得天旋地转,他瞬间尝到了自己鲜血的味道,头上的血,混合着水壶里的热水,顺着脸颊流到了他嘴里。

秦丰年嘶声道:"我们可以帮你的!"

"老堆"见了血,人越发疯狂,歇斯底里地大叫大嚷,手上继续砸,狠命地砸。

"啪——"

枪响了。

"老堆"肩膀中枪,被打倒在地。

秦丰年软倒在地,他的脑袋在地上撞了一下,耳朵里嗡嗡作响,他听见王汉英带着哭腔的声音。

王汉英哭喊道:"老秦,你撑住啊!医护人员马上就过来!"

秦丰年摇了摇脑袋,努力保持清醒,说道:"匕首拔出来之前,我还死不了,战斗还没完。"

王汉英慌道:"是,是,死不了死不了,战斗还没完。"

她已经有些语无伦次,她宁肯自己受伤,也不希望秦丰年受伤。

秦丰年道:"那你为何要哭泣?"

王汉英道:"我……我怕你疼!"

秦丰年用力挤出一丝笑,道:"我什么时候怕过疼?"

王汉英丧气道:"我们还是中计了。"

秦丰年目光中仍然是那一份笃定,他低声道:"不……战斗还没完……"

王汉英道:"我们还能怎么办?"

秦丰年指着之前"老堆"看着的方向,那里是一栋两层高的水泥房,他说道:"林修文已经现身了。"

王汉英道:"是。"

秦丰年有些上气不接下气,说道:"林修文是要去破坏边境面会啊,杀我……只是转移我们视线……'声东击西'的招数。"

王汉英抱住秦丰年道:"别说了,等不了医护了,我现在背你去找医生!"

王汉英手上沾上了秦丰年的鲜血,她感觉全身剧痛,撕心裂肺。

秦丰年痛得汗如雨下,他咬牙道:"所以,他会趁着我受伤或者被刺身亡的混乱，设法突围离开孟象海村！这才是他最后的计划。"

王汉英定了定神，醒悟道："他是要从西面出村！"

秦丰年道："是，这里是孟象海村以东，对不对？"

王汉英道："对。"

秦丰年道："不出三分钟，所有公安治保和联防力量都会到东边来。"

王汉英道："从刚刚他狙击点的位置来看，用不了三分钟，他就可以跑出我们的包围圈。"

秦丰年道："所以我说，告诉林边，战斗才刚开始！"

王汉英的一颗心都提到了嗓子眼，道："难道，你还有布局？"

局中有局，局中再有局，再三有局，复再有局。

秦丰年终于撑不住了，他感觉自己很疲惫，像是很多个夜晚没有睡觉。他轻轻握了握王汉英的手，像是害怕自己不能再次握住她的手，然后他合上了眼睛，在神志清醒的最后一刻，他听见王汉英拼命呼喊他的名字。

"丰年！丰年！丰年……你不要死！"

丰年，瑞雪兆丰年，是个寓意丰收的名字，跟他的代号一样有意义。他记得有人给他说，干我们这行，如果牺牲了，可能在这个世界上留下的，只有一个代号。

乐观豁达的秦丰年听后，只一耸肩：嗯，"谷雨"这代号也不错，也是丰收的兆头。

11　空　城

　　林修文的内心是复杂的。
　　他的计划成功了，他本来应该高兴。
　　可是他却没有办法开枪。
　　秦丰年一定知道他哥哥林修武在哪儿！
　　林修文本能地觉察到哥哥林修武和秦丰年之间的那种默契和亲近。
　　按照原计划，他会向秦丰年开枪，然后在三分钟内向西跑出包围圈，潜伏在这里的特务会提供协助，让他走最便捷的路，直达孟纳城。
　　他用了最短的时间做决定，但他还是没法开枪。
　　他看见"老堆"蹲在墙角瑟瑟发抖，他知道"老堆"会按照原计划刺伤秦丰年，然后制造混乱，他同样也能得到突围的机会。
　　"老堆"会不会就刺死了秦丰年？
　　林修文冷冷一笑，自己居然担心起敌人来了，就算哥哥林修武和他认识，这秦丰年也是敌人！
　　林修文看了看表，已经没有时间耽搁了，必须马上行动！

他快速扔掉枪，从水泥房二楼跑下来。他边跑边变装，等他跑出楼房的时候，已经化装成了一个满脸胡须、脖子上挂满玉器的玉器商人。

林修文在巷子里快速穿过。他靠着墙，侧耳倾听，他听见村子里各种杂乱的脚步声，这是赶往东面去支援秦丰年的人。

待人群跑过，林修文探出头来，像一只壁虎一样，快速地行动，贴着墙，贴着巷，他的脚步和他手上腕表的走时节奏一致。

他在巷子里左一拐，右一拐，在三分钟内，果然突破了包围圈。

在村子的西面，有一个石牌坊。

石牌坊的旁边是一个小土坡。

小土坡上平时会晒一些谷类，也会有很多孩童在坡上打闹玩耍。

不过，今天的小土坡却安安静静。

林修文走了过去，他知道自己的计划就要成功了。

孟象海村的西出口离他有一定距离，他再大胆、再狂妄，也不可能选择从西出口大摇大摆地出去。

所以，这个小土坡就是他的绝佳之处。

翻过这个小土坡，后面是一片茂密的林地，从那里他可以脱身。

而那名已经被抓获的潜伏已久的女特务，在被抓获前，给林修文准备了一台车。

此刻，这台车就在小土坡的背后。

林修文的眼睛亮了起来，他快步跑上小土坡。

他就要成功了！

只要跳上车，打燃火，冲下半坡，冲入雨林，就能轻松并入小道，走最便捷的路，去往孟纳城，完成任务。

林修文已经顾不得思考秦丰年和哥哥林修武的事了。

他跑上了小土坡顶。

蓦地,他的眼睛被迎面而来的风沙吹得闭起。

等他睁开眼睛的时候,他看见那台破旧的车辆正安安稳稳地停放在半山坡的山阴面。

太好了!离成功很近了!

林修文心中暗喜,可他刚踏出第一步,就缩了回来。他差点没收住身形,滚下坡去。

骤变突生,他惊得脸色苍白。

他看见那破旧的车辆之上,坐着一个人。

一个年轻人。

这名年轻人身着灰布便服,一字领整整齐齐。

这人在汽车的驾驶室里坐着,一手还拿着块菠萝在大快朵颐,看样子充满自信和乐观。

这衣着打扮,不是刚刚的秦丰年,又能是谁?

见鬼了!不可能,他刚刚明明看见秦丰年被"老堆"缠住了!

阳光逆向而来,林修文用力闭了闭眼睛。这怎么可能?秦丰年居然比他快一步,赶到了这里。

秦丰年肯定受伤了,怎么会跟没事人一样,大剌剌地坐在本该属于林修文的车上?

最要命的是,这台车是什么时候被发现的?

林修文用力地摇了摇脑袋,他盯着车窗玻璃,想要一探车上人的究竟,目光仿佛要从车窗玻璃穿过去。

蓦地,车辆启动,车前灯亮了起来。

林修文心里终于确认,此人就是秦丰年。

乌云正好从小山坡上经过，光线暗淡，那老旧的车前灯反而在这一刹那显得特别刺眼。

林修文只觉得胃里如翻江倒海般难受，他很想呕吐，这是人在极度恐惧下产生的生理反应。

他的眼睛仍然不敢离开车窗，车窗之内的人仿佛有一种魔力，彻底将他的眼睛抓住。

林修文自负、孤傲，他的确是有自负和孤傲的资本。

可是，他现在觉得一种莫名的恐惧正在摧毁他的意志。

这种恐惧来自对手的棋高一着。

这种恐惧来自长期以来的传闻："大陆的侦察员是打不倒的。"

此时此刻，秦丰年正是传递着这样的信息，他就算被"老堆"刺伤、刺死，他也是不会倒下的！

精神不败，肉体不倒。

秦丰年真是个可怕的对手！

乌云笼罩着大地，林修文在山坡上，秦丰年在山坡下，两人隔着车窗对峙。

林修文像孙猴子一样蹦来跳去，施展了浑身解数，却发现自己依然还在如来佛的掌心。

林修文感受到了一股前所未有的差辱与挫败感。

有什么比这更打击一个人的精神？

有一次，秦丰年和王汉英讨论中国兵法的要义。王汉英问秦丰年，他认为中国传统兵法的最高境界是什么。秦丰年想了一想，答：上兵伐谋，攻心为上。

攻心为上。

林修文被秦丰年的奇谋彻底震撼,他感觉自己的背心已经湿透。

教官谭雨山曾经评价他:宁肯玉碎,也绝不做俘虏。

也就是说,面临被困的局面,林修文很有可能选择鱼死网破。

这样就一定会有死伤。

所以,为了不战而屈人之兵,必须要彻底击垮林修文的意志,碾压他的智慧!

车里的秦丰年打开了车门,他看起来像是要从车上下来。

他把一个啃完的菠萝梗抛了出来。

这自然是一个行动信号!

林修文耳朵里嗡嗡作响,他听见小山坡四面八方传来呼喝之声,"边境反特工作小组"的人已经围了上来。

战斗打响了。

警报高鸣,追人魂魄。林修文感觉自己的末日已到。

输了,全盘输了。

不仅自己输了,还被秦丰年挖出一名潜伏已久的女特务。

这位女特务几年前就潜入了云南边境,代号"念南"。

念南,代表着思念岛内家人之意。

林修文擅自发号施令,启用了"念南",以接应自己。

本来是想攻城略地,却把自己的堡垒都送给了对方。

秦丰年故意设局,绕了一大圈,不光把林修文一伙一网打尽,还把"念南"也捕获了。

这一场局中局终于到了揭牌的时候。

彻底输了,连反抗的力气都没有。

林修文只能选择——逃!

往哪里逃?

小山坡的东侧面,只有一个干警冲了上来,这是整个包围圈的薄弱环节。

他来不及思索,埋头向着小山坡的东侧面滚了下去。

从东侧面的树林里穿过去,是村子的断崖口。

那个地方,是一条死路。

秦丰年给他留出了一个口子。

所谓"围师必阙",这是为了防止敌人作困兽之斗,增加不必要的伤亡。

只要有一个口子,敌人就心存希望,就不会选择同归于尽的极端做法。

林修文已经没有选择了。

他滚得十分狼狈,嘴里鼻里全是沙。

肉体的慌乱狼狈,无法掩盖内心的震惊。

为什么?

为什么?

秦丰年是使用了什么魔法?

秦丰年是怎么做到的?!

12　围捕

围捕开始了。

林修文窜入了林中,所有干警都追了过去。

前面是断崖口,林修文插翅难飞。

这一场战斗不用想也知道结局,林修文被捕只是个时间问题。

所有人都动了起来。

唯独刚刚在车上啃菠萝的人没有动。

他在车上深深吸了一口烟,这才慢慢从车上下来。

仿佛所有事都在他的意料之中。

从车上下来的人,赫然竟是林边。

"边境反特工作小组"的林边,是追随秦丰年多时的小兄弟。

他不是秦丰年。

他穿着和秦丰年一样的衣服,啃着秦丰年喜欢的菠萝,可是他不是秦丰年。

旁边的追捕行动指挥员章大刚走上前,不解地看着林边。

章大刚和秦丰年很熟,所以他知道林边这身造型,是在模仿秦丰年。

章大刚今年四十一岁,年纪比他们都大,被称作"老革命"。

他简直没搞懂秦丰年这个年轻人的葫芦里在卖什么药,好像向林边请教秦丰年的计策又有些不妥,显得他自己没什么见识。他想发问,又不能发问,神情很是古怪。

林边眨了眨眼睛,道:"你是不是想知道为什么我要这样?"

章大刚道:"是。"

林边道:"你一定知道,这是秦丰年的计策。"

章大刚道:"是,这小子,花样真多。"

林边道:"可是,如果没有他的花样,现在林修文已经和我们鱼死网破了。"

章大刚道:"哦?"

林边沉声道:"林修文的精神已经被重挫。"

章大刚道:"我抓捕过很多特务,他的精神状态,我能看出来。"

林边道:"他被重挫,是源于他的自负。"

章大刚笑道:"自负的人,一旦被对手彻底打败,就会出现这样的精神状态,这再正常不过。"

林边道:"所以,秦丰年要让他知道,他面对的,是永远不会倒下的对手,他永远不可能战胜秦丰年。有什么比这更能重挫他的精神!"

章大刚道:"越是自负的人,受到这样的碾压,越难忍受。"

林边道:"他没有造成更多的伤亡,对不对?"

章大刚道:"对。"

林边道:"他只剩逃跑的勇气。"

章大刚道:"如果不解除他精神上的孤傲,他很有可能会在山坡上和我们负隅顽抗。"

林边眼中充满了钦佩,说道:"秦丰年说了,上兵伐谋,攻心为上。"

章大刚道:"可是,这和你穿成这样,有什么关系?"

林边故作老成道:"你看没看过《三国演义》?"

章大刚道:"看过。"

林边道:"那你自然应该看过里面的著名故事,《草船借箭》。"

章大刚道:"你就是船上的草人!"

林边道:"你也应该看过里面更著名的故事,《空城计》。"

章大刚道:"你是说……"

林边道:"没错,秦丰年不过是将这两个计策,融合在了一起!"

章大刚道:"你扮演秦丰年,就是为了吓退林修文!"

林边道:"只有这样,林修文的精神才会被摧毁,他的自负才会变成他的自缚!"

章大刚沉默半晌,道:"好厉害的心理战。"

林边道:"林修文输了。"

章大刚道:"从一开始,你们双方各自施展计策,都是在进行心理战。"

林边道:"是。"

章大刚道:"可是,秦丰年怎么就肯定林修文会把你认错?"

林边伸出手试探风的方向，缓缓说道："秦丰年说，这个小山坡的山阴侧，在这个时分，都会刮起这个方向的风，这个方向的风会带起风沙，风沙会帮我完成伪装。"

林修文登上山坡的时候，被风沙吹迷了眼睛。

章大刚道："可是，风沙也有停下的时候。"

林边道："是，那个时候，我会打开车的前灯。"

章大刚奇道："这就够了？"

林边道："你想，当林修文内心震动，意识到自己落入埋伏圈的时候，他还经不经得起一丝风吹草动？"

章大刚道："你并没有和我约定，用车前灯作为信号。"

林边道："是，我先虚晃一枪。他已成惊弓之鸟，我扔出的这菠萝梗，就是压倒他的最后一根稻草！"

林边顿了一顿，继续道："他见识过的，扮作货郎的秦丰年，很喜欢吃菠萝。"

章大刚道："就算他不扮作货郎，他也喜欢吃菠萝。"

林边道："林修文像孙猴子一样跳来蹦去，最终还是栽在秦丰年手中。"

章大刚道："像秦丰年这么厉害的人，自然是设计好了埋伏。这一点，林修文应该也是知道的。"

林边道："是极了！所以当菠萝梗掷出的时候，实际上就是打垮林修文的最后一发子弹！"

章大刚长吸了一口气，道："好厉害，好厉害！在五丈原上'死诸葛吓跑活司马'，没想到秦丰年的菠萝梗，能吓退林修文。"

林边目光灼灼，道："这样厉害的敌人，如果不在精神上打垮他，待他动起手来，就会有死伤！况且，秦丰年答应了'某个人'，不能伤他，我们一定能争取他，一定能挽救他！"

秦丰年答应了林修武——打入敌人阵营的"风铃"。

章大刚沉默半晌，道："秦丰年虽然倒下了，却预留了这么多后手，真是大智大仁！"

林边激动地说道："不！他永远不会倒下，永远！他就是这样的人，永远永远不会倒下！"

章大刚激动地握住了林边的手，说道："你说得对！秦丰年一定不会倒下。"

林边只觉自己牙齿有些打战，他和章大刚都知道，秦丰年的伤很重。在他们心中，秦丰年已经不是一个个体，不是一个自然人，而是一种集体传承的精气神，这种精气神代表着侦察员无敌的精神力量。

这一点，是他们和对手最大的区别！

这样的年轻人还有很多，这些年轻人会为了这个事业前仆后继。

这些前仆后继的年轻人，跟秦丰年一样，都有着打不倒的精神，都有着最强大的力量！

林边在扮演秦丰年的那一刻，他的内心是神圣的、是笃定的、是心潮澎湃的、是沉重的。

他似乎已经完成了一次和秦丰年的精神传递。

就像接棒的火种已经交到了林边的手上。

这个边陲小镇的医疗条件远远不及省会城市昆明，王汉英已经接到上级指示，立刻运送秦丰年去治疗。

秦丰年流了那么多血，到底能不能活下来？

林边问:"秦丰年最后有什么吩咐我的吗?"

章大刚看着他,一字字道:"他说:'告诉林边,战斗才刚刚开始。'"

战斗才刚刚开始。

林边眼中含着热泪,嘴角却带着笑,这个已经血流满地的人,在最后时刻,吩咐林边的是这样的话。

林边琢磨他的话,是的,危害我国国土边境安全的敌人一日未清扫干净,"秦丰年们"就该随时保持刚刚打响战斗的冲锋状态!

林边感觉脸颊有一滴泪滑落,他赶紧擦干,自言自语道:"可别死啊,你和王汉英的份子钱,我还没送呢。"

此时此刻的林边,下定了决心,要将这火种传递下去,让这事业延绵不断!后继有人!

得记住林边这个名字,未来三十年,他还会发挥更大的作用。

章大刚看着他,心中想,这样的一群人,怎么可能被敌人打倒?!

13　兄弟

太阳升起，太阳落下。

谭雨山正在靠海的一个西冷店里喝咖啡。

林修文走了的这些年，他整个人变化很大。

林修文是他在陆官学院带的最后一个情报学员。

他亲手把林修文送去执行滇缅派遣任务。

距离林修文离开，已经有四年了。

在这四年里，岛内发生了很多事，谭雨山自己也被调离了教官岗位。

他所站队的序列明显在政坛夺利中失势，他也就不可能再担负培训情报学员这种涉密程度高、深得"领袖"信任的工作。

可别小瞧陆官学院的情报教官，这些教官培养出许多奔赴"反攻"一线的特派情报员，这也就意味着有朝一日，若有哪位勇士建功立业，成为"领袖"的座下功臣，其教官在岛内的地位也会跟着提升。

不过，对于谭雨山个人来说，他从来不认为这是一种"搏上位"的好方法。他亲手培养出学生，又亲手送他们上战场，他知道他们当中很多人将从此与家人天涯两隔,永远不会再回来。这种心情,谁又能体会?

在岛内情报局大整顿、大改组的风雨前夜,谭雨山自然而然地隐退了。林修文在那边过得怎么样,任务执行得如何,他也就无从知晓了。

隐退后的谭雨山每周都会来这个西冷店喝东西。

他隐退时间不长,对于他来说,却像度过了很多个春秋。他一旦闲下来,就长出了许多白头发。

西冷店的老板也是当年从大陆过来的老兵,基本上已经融入了岛内的生活。

"今天还是照旧?"老兵问。

谭雨山点头,然后径直走到自己最喜欢的角落里坐下。

老兵很快端上了咖啡,还递给谭雨山一个小瓶子。

"这是?"谭雨山有些疑惑。

老兵得意地眨眼。

谭雨山定睛一看,是一瓶豆瓣酱。

老兵道:"这是昨天朋友送我的,'明德'的豆瓣酱,我吃不了辣,就送你啦。"

谭雨山道:"谢谢。"

他低头看着手里的豆瓣酱,突然想起了林修武、林修文两兄弟。这林家兄弟的祖籍是四川成都,他们父亲辈到岛上的时候,背井离乡,一时无法融入岛内本土生活,只能聚居在眷村之内。在那个年代,他们唯一的精神支撑便是尽快跟着"领袖"打回大陆,这样就能早点回家。

这些聚居在一起的成都籍老兵在退役后,没有什么生活技能,只能过着比较清苦的生活,谋一些简单生计,比如看门、收发报纸、蹬车送牛奶等。有些成都籍老兵为了解决饮食口味的不适,便自己动手制作豆瓣酱。

现在谭雨山手上的"明德"豆瓣酱,已经风靡海外,形成商业规模,真是无心插柳柳成荫。

谭雨山打开盖子,深深闻了一口豆瓣酱的味道,真香。

他记得林修武也给他做过一瓶豆瓣酱。

谭雨山没有子嗣,他把自己的学生都当成自己的子女。他有时候在想,如果自己和林修武、林修文仅仅是普通人、普通师生关系,那该多好。

对了,林修文到底有没有找到林修武,真是让人牵挂啊。

"快看,大新闻!"老兵指着墙上的电视机。

谭雨山抬起头来,电视里播报着一则新闻:此前,旅美作家江南被枪杀在其美国的家里,今日案件已经有了进展,有证据表明是竹联帮陈启礼等人实施了这起暗杀。

这起命案发生在美国,颇受舆论关注。美方很快调查出该案的真相,竹联帮背后是海岛情报局,于是美方向蒋经国施加强大压力。蒋经国对情报局的擅自做主和胆大妄为极为震怒,下令郝柏村整顿改组岛内情报局。

西冷店的门开了,走进一个身穿黑色风衣的瘦高男子。

那瘦高男子进门后,走到谭雨山面前,毕恭毕敬地喊:"教官好!我找了你好久!"

谭雨山微微惊讶,随即示意他坐下。这是他的老朋友了。

这位老朋友好长时间没见,谭雨山有些喜出望外。苦闷的赋闲生活过久了,突然看到昔日情报战线的旧友,总是让人高兴的。

谭雨山笑道："我早就不是教官了。"

那瘦高男子道："新闻里的事，你听说了？"

谭雨山道："我不想听，可是这事这么大，想不知道都难。"

瘦高男子点了一杯咖啡，凑过去，小声道："教官，你对这事怎么看？"

还能怎么看？这些不入流的暗杀、破坏、袭击等特务活动，早就被国际舆论所诟病。

谭雨山看向窗外，海浪正在激烈地拍打岛礁。

天空中乌云密布，雷暴蓄势待发。

瘦高男子道："风暴快来了……"

谭雨山道："不，风暴已来多时。"

"哦？"

"我虽然隐退了，但还是听老朋友们谈论了一些事。"

瘦高男子神色复杂，道："果然，你也知道了。"

他二人所指的事，乃是1985年6月2日，蒋经国召见参谋总长郝柏村，明确给出了命令："情报局不宜再与泰缅边界游击队发生任何关系，以免徒在国际上招致反感，且此等人员实际亦无作用！"

于是，岛内情报部门开始紧急与滇缅"反攻"势力脱钩，纷纷否认、切断任务，召回各自派遣的特务。

谭雨山叹口气，神色悲戚，道："孩子们到底该怎么办？"

瘦高男子微微动容，他听到谭雨山的用词——"孩子们"。

这是谭雨山对学生的莫大关切——已成弃子，何去何从？为何而战？他们甚至连自己的身份都不能被认同！

瘦高男子苦笑，道："你知道吗？林修武林修文兄弟很可能都没死。"

谭雨山道："我知道。"

"哦？"

谭雨山道："如果他们两兄弟这么容易死，就不是我得意的学生了。"

瘦高男子道："他们很可能成了我们的敌人。"

谭雨山点了一根烟，意味深长道："没有永远的敌人，我们和'他们'都是一样的，不是吗？"

瘦高男子道："'他们'？"

"对，'他们'。这海峡对岸的'他们'。"

瘦高男子沉默半晌，像是做出了一个巨大的决定。

谭雨山道："局座让你来找我，自然是有事。"

瘦高男子道："是。"

谭雨山道："若非有事，怎能劳你大驾，你可是他跟前的红人。"

瘦高男子一字字道："过去我们搞了很多关于'边境反攻''海上突袭'的特务工作，你都是知道的。"

谭雨山道："我知道，而且我知道的比很多人要多得多。"

瘦高男子长吸一口气，闭上了眼，他浑身都在发颤。他努力克制自己的失态，说道："你错就错在，知道的太多了！"

空气凝固了下来。

西冷店的灯光晦暗、深沉。

咖啡在镶金边的器皿里旋转。

谭雨山在微笑。

"知道的太多了",谭雨山完全能理解这话是什么意思。

滇缅的"反攻"活动已经被叫停,既然要裱糊当局的国际形象,自然要全盘否认过去的破坏活动,那么就会在一定程度上对知悉者进行大清洗。

瘦高男子沉声问道:"你可还有话要给我说?"

谭雨山斜了他一眼:"有的,你想听?"

西冷店的灯光闪了一闪。

海浪的声音更响了,铺天盖地地压住了西冷店的嘈杂。

乌云之中,一道光芒破出,照得一片海水更显湛蓝。

这片湛蓝的海,一半如同火焰般炽烈,一半如同冰山般镇定。

装有消声器的手枪声还是传了出来。

谭雨山给那瘦高男子说的最后一句话是:"做错的事,我自己会纠正。"

14　成都

　　从海岛到中国西南的成都，约有一千六百公里。
　　成都是个很惬意的城市。成都的生活很慢。
　　在成都东城巷子的大槐树旁边，一家茶摊茶客云集。
　　茶摊老板娘是个地道的成都妹子，说起话来温柔软糯，只听她喊："两杯盖碗茶，茉莉花。"
　　茉莉花的香味伴随着盖碗茶的清香从后厨端了上来。
　　成都的烟火生活就是如此悠闲，一杯盖碗茶，就能在树荫下喝一下午。
　　一名黑衣男子正坐在茶馆室内的角落里，他既不点茶，也不说话。他穿着时下流行的中山领棉麻衬衫，他的眉毛有些杂乱，眼神却很锐利。
　　老板娘走了过去，招呼他。
　　"先生，您要喝什么茶？"
　　"老板娘，我找你们家掌柜。"
　　美丽的老板娘眨着眼，说："我家那个炉耳朵……我就是掌柜。"

成都一类男子有个外号，叫"耙耳朵"，意思是说耳根子软，听女人的话，所以女人当家是常见的事。

中山领男子面容沧桑，两鬓已经有了白发。他看起来很精神，也看得出上了年纪，他像是走了很远的路，像是在人海中寻找了很久的人。

中山领男子不说话，仿佛老板娘不正面回答他，他就不会离去。

老板娘笑着道："看样子，先生走了很远的路，要不好好喝杯茶？成都的茶，和云南滇红大不一样。"

中山领男子道："我没有喝过云南滇红。"

老板娘道："先生肯定喝过，去过云南的人，都喝过。"

中山领男子奇道："你怎么知道我去过？"

老板娘指着男子衣服下摆上的一个小小佩饰，那是一个鱼形的木雕。木雕上有着纳西族文字。

老板娘说："先生不光去过云南，还去过云南很多地方。"

中山领男子笑了，他身上的这块木雕，确实是他在云南找人的时候，一名纳西族小男孩送给他的，那个小男孩还给他讲了孟象海村抓特务的故事。

孟象海村。

就是林修文失手的地方。

眼前的这位当地女子真是聪明伶俐，中山领男子心下更是无疑，是的，也只有这么聪明伶俐的女子，才能入得了林修文的法眼。

这名男子太熟悉林修文了。

看样子，林修文已经告别了过去的一切，在这里开始了自己的新生活。他的籍贯本来就是成都，骨子里对这样的生活，应该很容易适应。

中山领男子不自觉地发现自己拳头已经捏得发白。林修文,有些过去,不是你说想斩断,就能斩断的!

中山领男子道:"给你家掌柜说,你这里没有我要点的茶。"

老板娘道:"陈皮茉莉竹叶青,沱叶苦荞金骏眉,我这茶馆什么都有。我推荐先生来杯蒙顶山甘露,这是新茶。"

老板娘颇有些得意。

中山领男子不吃她这一套,沉声道:"我从不喝新茶。"

老板娘道:"不喝新茶?看来是老班章这类的茶客,这就有点为难我了,先生还可以试试别的茶?"

中山领男子盯着她,一字字道:"你家掌柜,欠我一碗拜师茶。"

此言一出,老板娘如雷轰顶。

中山领男子道:"知道我是谁了?"

老板娘舌头有些打结,道:"知、知道。"

中山领男子道:"我是谁?"

老板娘瞪大了眼睛,道:"您是修文的老师!"

这位身穿中山领衬衫的男子正是谭雨山。

谭雨山道:"好了,给我点一杯蒙顶山甘露,要新茶。"

老板娘有些蒙,问道:"您刚刚说,您从不喝新茶?"

谭雨山道:"我是点给你的。"

老板娘道:"我?"

谭雨山道:"你这里是不是一茶一座?"

老板娘道:"是。"

谭雨山道:"那你现在可以坐下了。"

老板娘失神道:"我要坐到什么时候?"

谭雨山摸了摸腰间,鼓鼓的枪柄已经出现在眼前。

谭雨山道:"坐到你家店小二来给我奉茶。"

老板娘反应过来了,她说她是当家掌柜,那么她家的店小二自然指的是林修文。

两杯茶端上来了,老板娘只得坐了下来,她叫了一声:"谭老师。"

谭雨山道:"处变不惊,不错不错,林修文的眼光很是不错。"

老板娘道:"我知道您不会伤我。"

谭雨山道:"为什么?"

老板娘道:"如果您要伤我,就不会要我坐下。"

谭雨山道:"可是我找林修文,却找得很苦。"

老板娘道:"您一直在找他?"

谭雨山道:"我从云南找到了贵州,从贵州找到了四川。"

老板娘叹气道:"你们就是师徒缘分薄。"

谭雨山冷笑道:"是徒弟学艺太过精湛!能躲过我这样追踪的人,实在不多。"

老板娘道:"如果不是您满世界找林修文,他也不会来成都,我们也不会认识……"

谭雨山道:"林修文本就是成都人。"

老板娘道:"是的,他回家了。"

谭雨山道:"林修文什么都给你说?"

老板娘又道:"是的,所有事,包括和您的。"

谭雨山道:"哪些事?"

老板娘道:"他说您是他最敬重的人,您给了他新的生命,如果不是您,他早就在街头被人揍死了。"

谭雨山终于端起了面前的茶水,他喝了一口,缓缓道:"我给了他新生命?哼,那他有没有告诉你,我这几年里,差点结果了他的生命?"

老板娘愣住了,林修文可没说过这个。

谭雨山道:"这几年来,我一直在追杀他。那一次在贵州,我差点就要了他的命。"

老板娘惊讶道:"为什么?"

谭雨山道:"有些错,只能自己来纠正。"

"仅仅是因为林修文要开始新生活?"老板娘问。

谭雨山陷入了短暂的沉思,他不知道该如何回答。派遣行动被叫停了,海岛当局要求否认一切暗杀、渗透行动,所有被空投的人,都不被认可身份,成为弃子。

这是赤裸裸的政客行为。

谭雨山的内心是抗拒的,他对自己的学生有着深厚的感情,可是,他却过不了自己这关。

他虽然不耻政局抛弃他学生的行径,他自己却必须惩罚叛徒。

林修武投诚了,林修文投诚了。

谭雨山已经老了,他已经隐退,不再接受任何组织的任务。可是林家兄弟的投诚,完全是他职业生涯的耻辱。

他这纯属个人行为,可是这种个人行为,比任何组织行为都要危险。他以台商访亲的名义,偷偷潜入大陆,追查林修文的下落。

一切的起点,都是孟象海村。

这些年来,他追踪林修文,林修文一直在躲他。

他是林修文的授业恩师，二人展开了一场旷日持久的追踪与反追踪，侦察与反侦察。

师徒二人各展所长，不死不休。

没人知道在这段漫长的躲避中，发生了什么事，也没人知道师徒二人各自展开了多么高超的手段进行过招。

谭雨山总是骄傲地认为，林家兄弟都是他的"青出于蓝"，可是当他和他们成为敌人的时候，他才知道这种"青出于蓝"真是麻烦！

要怎样才能干掉他？他知道我所有能干掉他的手法。

他为什么只是躲？为什么不还手？

是的，林修文这小兔崽子心中依然有愧！谭雨山想到这，就有点气不打一处来。他的两个得意弟子，都背叛了。

在一次雨夜血战中，一个追着打，一个亡命躲。林修文不是招架不了谭雨山，他仿佛是不敢豁出全力去和谭雨山战斗。或许他看到了谭雨山的白发，知道谭雨山已经老了；或许他根本就不敢面对谭雨山。

面对处处展露杀机的谭雨山，林修文只想逃生。他施展浑身解数，终于逃脱，彻彻底底摆脱了教官谭雨山，悄然回到成都，开始了新生活。

谭雨山费了很大的劲儿才找到林修文在成都的痕迹。

谭雨山寻了过来，找到了林修文的茶馆。

在成都，最好的谋生生意，应该就是开茶馆。

没有多少成都人是不上茶馆的。

就如同没有多少成都人是不打麻将的。

在茶馆里除了喝茶，就是打麻将。

所以谭雨山听见了茶馆各个包间里传来的麻将声。

麻将声很大、很吵，让谭雨山本能地有些神经紧张，这声音太像是埋伏有重兵，又太像是疾风骤雨般的开枪声。

突然，谭雨山发现了一个重要问题。

他发现老板娘太镇定了，镇定得有些不同寻常。

他眼皮跳了一下，他安慰自己，江湖混老了，胆子混小了，这样一个软软弱弱的女子，有什么好怕的？

他自己手上有枪，难道还怕她？

只要挟持了她，就不怕林修文不回来。

谭雨山问："你怎么不喝茶？"

老板娘端起茶杯，抿了一口，道："还是新茶好。"

谭雨山道："你好像一点都不怕？"

老板娘道："我为什么要怕？在我们这里，犯法是要被抓的。"

谭雨山道："要法办一个犯罪分子，起码要先抓住他。"

老板娘眨着眼，淡淡道："你怎么知道我们没有法子抓住他？"

这话就有些不同寻常了。

谭雨山瞳孔开始收缩，他握紧了腰间的枪柄。

谭雨山道："你说的是谁？"

老板娘道："我说你！"

这话一出口，整个茶馆像是震动了一样，剧烈的麻将声打得震天响。

谭雨山的枪已经从茶桌下指向了老板娘。

谭雨山狠狠道："你到底是谁？"

老板娘道:"你是不是以为拿枪打死了我,就能顺利逃脱?"

谭雨山不说话。

老板娘道:"别费工夫了,打死我一个有什么用,国安局有很多我这样的干部。"

什么?国安局?

过去的对手,连体系和建制都变了,谭雨山居然一点都不知道,他突然发现自己真的老了,已经被时代抛弃了。

谭雨山道:"你怎么知道我要来这里?"

老板娘道:"你追杀林修文,要找你并不难。"

谭雨山怒道:"叫林修文出来见我!"

"林修文已经接受过法律的制裁,洗心革面,开始了新生活!"老板娘接着道,"收手吧,谭雨山!"

谭雨山脑中不停旋转,茶馆里打麻将的声音好像越来越大,像是海水拍岸,像是那天送林修文上飞机时的风声。

茶馆的四面八方涌出人来。

一群精干又充满活力的国安干警将谭雨山围住。

只听那老板娘道:"放下武器,不要增加无谓伤亡!"

谭雨山歇斯底里地大喊道:"叫林修文出来见我,否则我和这女人同归于尽!"

他重复着这个要求,将枪口狠狠地指着老板娘。

老板娘大喊道:"来呀,开枪呀!"

谭雨山提高了声音:"你以为我不敢?"

老板娘道:"来呀!你打死我,难道林修文就能回头?"

打死了这个女人,林修文难道能回头,难道能跟着他回海岛去?

"开枪啊，懦夫！你以为你是在坚持你的理念？你不过是自己不甘心！你不甘心自己没有选择，你嫉妒林家兄弟有了自己的选择！你是他们的老师，难道不该支持他们找到自己的新生活？"

老板娘振振有词，谭雨山的面容有些抽动。

"他们两兄弟，甚至他们一家人的念想，不一直都是回到祖国大陆吗？你们把孩子往战争里推，往死亡里推，最后又抛弃他们。甚至他们选择的新生活，也要来破坏！"

谭雨山感觉自己脑袋就要破裂，他大喊："住口啊！住口啊！"

老板娘大声道："是你告诉林修文，他可以自己选！"

谭雨山喊道："我没的选！"

老板娘道："我们是同胞！你可以选！谭老师！"

"砰——砰——砰——"

枪响了，谭雨山愤怒地举枪，朝天开枪，他打完了手枪里的七发子弹。

谭雨山看见包围他的干警让出一条道来。

林修武和林修文两兄弟出现在他面前。

"老师。"

一声"老师"，让谭雨山老泪纵横。他闭上眼，仿佛回到了在阳明山上训练学员的情景。

林家来自成都，会做一种很好吃的东西，叫豆瓣酱。有一回过年的时候，林修武给谭雨山送过一盒。林修文离开的时候，也给谭雨山送过一盒。

也不知道是不是上年纪了，林修文离开后，谭雨山每次吃豆瓣酱，都觉得很辣，辣得掉眼泪。

谭雨山曾把林家兄弟当成自己的孩子，阳明山的训练严厉而残酷，谭雨山也曾悄悄给孩子们留下教官食堂的鸡腿。林修文捧着大饭碗，一边啃鸡腿，一边抱怨：这什么菜呀，没味儿，不辣。

这两兄弟生来就是爱吃辣的四川人。从海岛到四川，大约一千六百公里，他们从来没想过如何才能回去。谭雨山总是拍着他们的肩膀，说：放心，好好干，你们一定能回去。

那个时候的师生时光，好像从来没有尽头。

老板娘轻轻解下了谭雨山的枪："好了，我叫王汉英，秦丰年让我告诉你，'过了这片海峡，是兄弟，还是敌人，你可以自己选'，你说得对。"

第二章 秋蝉

01　案　发

"地图……地图是我偷的……"

听到这句话，卢半峰那张黑面神一样凶横、僵硬的脸终于有了一丝松动。

说话的人已经只剩下半条命，绽开的皮肉带着烙铁烫过的味道，他脚下淌着血，他自己的血流到一个血槽里，浸没了他的脚踝。

卢半峰把所有能用的刑具都用了个遍。

整个用刑的场景，简直就是人间地狱。

卢半峰在海岛的特务部门常以"大将之风"自居，能把他逼成这样，说明这次的事很大。

卢半峰是特务部门的老人了，在大陆时就臭名昭著。后来国民党残部败退至台湾、海南岛、舟山群岛、闽浙沿线岛屿，企图利用海峡天堑固守岛屿，阻止全国解放，卢半峰也是在那时跟着部队退到了台湾，在岛内军事特务机关里干着自己的老本行。

说话的人挣扎着抬起头，卢半峰上前一步，一把掐住他的下巴。

"茅三前，你终于承认了！"

受刑的人叫茅三前,是一名地下党。卢半峰的语气里有一股按捺不住的喜悦,他审了好一阵了,拷问对象终于松口了。骨头硬的地下党他见过很多,可是这次的事件实在有些诡异,实在有些紧急,实在半点都容不得他马虎。

对于卢半峰来说,这场审讯是没有退路的,用"你死我活"都不足以形容卢半峰内心的焦虑程度。

他很急,昨天晚上彻夜未眠。如果查不清这次案件,可不止掉乌纱帽这么简单,恐怕连他乌纱帽下面吃饭的家伙也要一并报废。

用刑!用刑!用活刑!必须让他开口,必须!这事很严重。他给手下人交代了,一定要留活口,如果茅三前死了,所有人都得一起去见阎王。

什么事能这么严重?

不用问都知道,当然是和战事有关!

此时正值大战前夕,叶剑英电令琼崖纵队司令员冯白驹对海南岛布防情况展开情报搜集,解放军四野已经完成集结,目标直指国民党军占据的海南岛。

自国民党在海口成立海南防卫总司令部以来,总司令薛岳全力打造海、陆、空"立体防御",企图凭借琼州海峡固守,阻止解放军进攻。

海风里都能嗅到战争一触即发的味道。

茅三前口中交代的"地图",是一张叫作《岛陆东南沿线兵志图》的测绘海图,被称为"一号机密"。

日本人占据海岛时期,用极先进的技术制作了这张海图。这张海图被称为"一号机密",是因为它详细标注了在中国东南海域开展海上军事行动所需要的一切信息,包括岛屿位置和航线海岸，甚至洋流走向。日本人战败后，将这张海图与若干勘测资料，一并赠送给了当时的国民党台湾地区当局。

这张被称为"一号机密"的海图，对战争双方的意义，不言而喻。

它一直存放在海岛参谋总部的地图室里。

可就在这战争一触即发的节骨眼上，"一号机密"被人偷了！

卢半峰接到这个案子的时候，吓了一跳，这可不得了，能进到参谋总部里偷图！

02　第一份口供

"好了，既然承认了，那就说说吧，你是怎么偷的图，上级是谁，下级是谁？"

人类经受折磨和摧残到了一定程度，精神和意志就会崩溃，一旦精神崩溃，就会激发最原始的求生本能。

过去在特务特种训练班上，卢半峰深习此道。对于眼前的对象，到底是真的要招，还是假的要招，他心中已经雪亮。

这次审讯对于卢半峰来说，已经胜券在握。

卢半峰看向眼前的茅三前，此人他之前见过好几次，知道对方是个很有文采的记者，长期出入各类政要的场合，为《国本日报》采写重点新闻。他的老师更是一位知名记者，曾上过庐山，驻过重庆，报道过各类重要会议。

名门高徒，潇洒记者，本该光鲜亮丽，可是现在的茅三前已经被折磨得不成人形，哪里有半分往日潇洒的样子。

他抬起头，脸上的血顺着脸颊奔涌而下，流过颈项，流过胸脯，流过大腿，流入脚踝下的血槽里，就跟从头到脚淋了一盆血一样。

人类失血到了这个地步，已经是极限。

"说吧，有什么要求，能让你舒服点。"

卢半峰现在也放松了，根据他的经验，只要人的精神被击溃，后续的一切交代就能有序推动。他相信今天晚上就能搞清楚来龙去脉，给上头复命。

茅三前开口说话了："我要喝水。"

卢半峰一挥手，他的副官陈翮立马倒了一碗水，灌到茅三前嘴里。

"茅记者，我们可以开始'采访'了吗？"卢半峰挑了一个茅三前最熟悉的词汇。

茅三前失神地点点头，实施讯问的特务快速搬来打字机，开始进行记录。

茅三前足足招了三个小时！

这场交代，交代得很彻底，他把自己是如何加入地下党，如何从事潜伏工作，以及自己的成长履历、家庭背景都交代了个底朝天。

卢半峰很得意，这才是真正的审讯成果，他很久没有得到这样顺畅交代的笔录了。

在这三个小时里，卢半峰紧抓细节，旁敲侧击、深挖细问，以图实现相互印证的效果。他完完全全实现了审讯上的乘胜追击，这样的交代，完全可以进一步把茅三前征募为自新人员，也就是可以招募他，"为我所用"。

这三小时的魔鬼交易里，最让卢半峰觉得有价值的莫过于如下几个片段：

"你是怎么进入'国防部'的？"

茅三前答:"我是以记者的身份进入'国防部'的房子。我接受了一个采访邀请。我有特约通行证。"

"你是要采访谁?"

茅三前答:"邵中校。"

"谁?哪位邵中校?"

"邵知行。"

邵知行是司令部的年轻人,属于受到倚重的少壮派之一。

卢半峰向陈翮使了个眼色,陈翮退了出去。

"是什么时候?"

"三天前。"

卢半峰继续讯问:"邵知行给你的通行证?"

茅三前道:"是。"

"你为什么来采访他?"

"邵知行通知我,要做一期军训实刊,刊载动员戡乱的一些典型实例。"

卢半峰接着问:"通行证是当日有效的,你的意思是邵知行给了你三天的通行证?"

茅三前沉吟了半响,他喘着气,像是通过努力和挣扎,终于把秘密交代出来。

"不,我在通行证上做了手脚……我当天采访完,没有将通行证退回去,而是,做、做了手脚,涂改了有效日期。"

"涂改日期,门前卫兵也能相信?"

茅三前道:"我出入'国防部'不止一次了,每次都有高官陪同,我要让卫兵相信我,并不是什么难事。"

卢半峰皱起了眉头,中共地下谍报人员的基本功真是扎实。

陈翩跑了进来，递给卢半峰一个记录簿，小声报告："采访邵知行，刊发动员戡乱的报道，的确是上头的意思。"

卢半峰看了陈翩一眼：看来没说谎，那就继续问。

卢半峰踱着步子，走了过去，走到茅三前背后，他停下脚步，侧着脑袋，从背后观察茅三前。

"那你告诉我，你是如何找到地图室的？"

"我、我在采访完毕后，借口寻找盥洗室，对楼层进行了查、查勘……我一连来了两天，和卫兵混熟了，加上我是知名记者，又持有通行证，进出都很正常。"

陈翩暗中骂了一声："警备部该换人了！这卫兵都是'人头猪脑'吗？"

卢半峰赞道："有时候越是明目张胆，越是不容易让人起疑。茅三前，你真是大智大勇！"

茅三前露出一丝艰难的苦笑。

卢半峰接着道："那你告诉我，你又是如何开启地图室的门锁的？"

"我学过一段时间……锁匠。"

"锁匠？"

卢半峰按住了茅三前的背脊，他手上沾上了黏稠的血液，他感觉茅三前很平静，根据已经掌握的茅三前的履历，他确实师从过一位很有名的锁匠。

卢半峰望向陈翩，陈翩配合上官点了点头。嗯，不错，具备作案条件，很坦白，剩下的就是深挖细节，茅三前基本上是跑不了了。

等等，有个地方不对。

123

卢半峰眉头一抬，他冷冷一笑，道："那，邵知行对你的事，知不知情？"

这就有扩大战果的意思了，要是能多挖出一个现役军官来，还是中校，这功劳就更大了。

茅三前似乎没有理解到卢半峰的意思，恨恨道："我倒希望他知情，这样我就能再拖一个你们的人下水！"

"你——没有同伙？"

"没有！"

单纯，真是单纯。

"你确定已经坦白？"

"我确定！"

卢半峰用力地捏住茅三前的脊骨，茅三前痛得一阵痉挛。

卢半峰已经意识到哪儿不对了，他凑近了茅三前的耳朵，茅三前只觉一股死亡的气息扑面而来。

"说谎！没有内应，你怎么知道这张图的存在？"

卢半峰长吸一口气，恶狠狠道："告诉我，邵知行是不是你的内应？"

03　第二份口供

很快,邵知行进入了卢半峰调查的视线。

作为最有前途、最年轻、最具有代表性的少壮派军官,邵知行被卢半峰提请保安司令部逮捕。

茅三前没有承认邵知行是同党,可是卢半峰依然搜集到了邵知行的一些不当言行,比如,亲共。

邵知行曾参加过一些读书班和研习班,这些打着"社会科学研究"名号的研习班,有时会传播亲共的思想。

只要去过,就必须要查。在戒严的高压下,不是必须具备一切证据条件才能逮捕,只要思想上亲共,也一样可以处理。

只要人到手了,一上刑,哪里还有不招的? !

他只要招出一点半点,就能送军法处处理。管他是什么少壮派,一样送马场町刑场枪决!

卢半峰抓捕邵知行的时候,邵知行正在家里看报纸,报纸上的报道内容是"东方红"。

卢半峰带人围住了邵知行的书房。从门外看到的邵知行,正笔挺地坐着,他身旁是橄榄绿色的窗沿,外面的阳光洒在他的脸上。他的旁边还有一个矮腿的茶几，他一边看报纸，一边把玩着一支手枪。

卢半峰的人从门外把枪对准了邵知行，那年轻帅气的军官露出了阳光般的笑容，似乎早就知道卢半峰会带人找上门来。

卢半峰有点发怵，这邵知行出了名的勇猛，要是作困兽斗的话，自己难免要有损伤！

邵知行身上的军装笔挺，只是今天他没有佩戴肩章、胸花、履历章。这是要和自己国民党军官的身份进行决裂的样子。

邵知行缓缓举起了枪，蓦地，卢半峰意识到了不妙！

这可不是要鱼死网破的样子，这是要"断线"！

卢半峰大吼了一声："上！"身边的手下扑了上去。

枪战开始了。

当先进屋的两名特务被邵知行击倒。从门外拥入的特务借着同伴的身体，分散在书房的两边，这是典型的围捕战法。书房里的掩蔽物极其有限，邵知行左右不得兼顾，暴露在枪口之下。

他在奋力击倒多名特务之后，处于下风。

"留活口！留活口！"缩在门外的卢半峰怒喊，要是邵知行被打死，这条线就断了！

一枚子弹击中邵知行的右腹，他笔挺地倒了下去。在他落地之前，他听见卢半峰怒喊："通知医院！快！"

邵知行被活捉了，新的一轮审讯开始了。

这轮审讯历经的时间比茅三前的长一些。

邵知行祖籍广东，上过大学，属于儒将，据他自己交代在读书期间参加过读书会，就受到了一些红色思想的影响。

既然思想根源搞清楚了，那就可以好好谈一下正题了。

邵知行是军官，比茅三前扛得更久一些。

不过，这并不影响卢半峰施展各种刑讯手段。

邵知行翻来覆去就交代了一句。

"海图是我偷的。"

茅三前说是他偷的！到底是谁偷的？

卢半峰气极了，见阎王这事，还有人抢着去的？

他转头再看邵知行，对方已经昏迷过去。

"弄醒他！快没时间了。"

被冷水淋醒的邵知行，终于开始交代细节。

这可真是难为了审讯的人，他交代的细节，没一件和茅三前交代的能印证、匹配。

邵知行交代，自己不认识茅三前。

至于怎么偷的图，他说是悄悄配了一把地图室的钥匙，钥匙和图都放在福州路的川菜馆里。

"福州路的川菜馆？"

"那是我们的一个联络点，图送到那个地方，会交给下一站的人。"

卢半峰看了看表，冷汗直冒，上头留给他的破案时间，又折腾掉大半。

副官陈翩跑了进来，立正道："报告，搜查邵犯家里时，有新的发现。"

"快讲。"

"邵犯曾参加过台湾大学的一个读书研习班，旁听过几次课。在他书架不起眼的地方，搜出了一个手抄。"

"抄的什么？"

"抄的东西倒是很正常，是关于历史学的讲义。"

"讲义？谁的？"

"台大教授，武生洋。"

04　接　头

台北植物园离台湾大学不算远。

傍晚的路面有点凉,已经收班的1路公交车停靠在墨绿色的站台旁边。一辆硬胎自行车被快速蹬行,从艋舺公园朝植物园方向疾驰。

骑车的男子叫作武生洋,是台湾大学的长聘教授,在学校讲授美学、历史学,颇有名气。

武生洋将自行车停靠在植物园门口的角落里,他警觉地侧头看了看身后,确认没有被跟踪。

他扶了扶自己的金丝眼镜,快步入园。

植物园的北边,有一处林子,那是武生洋和同志约定的地方。

武生洋若无其事地观赏花木。在他不远处的林木之间,一个黑影悄然站立。黑影完全被林木的阴影覆盖,起到了一定的隐蔽作用。

武生洋小声道:"到手了。"

黑影道:"安全吗?"

武生洋咬紧了牙，道："形势越来越严峻，特务滥捕，制造恐怖。"

黑影接着道："敌人慌了，意味着黑夜将尽。"

"对，希望和阳光就要到来。"武生洋的金丝眼镜后，闪现出灼灼的目光。

黑影接着道："解放军的陆战能力所向披靡，可是海军起步尚晚，此前金门海战损失惨重，许多指战员心中阴霾尚未散去……我们需要这张图！"

武生洋道："是的，不惜一切代价！"

黑影道："为了这张图，启动了'秋蝉'。"

"秋蝉"。

这个谜一样的代号。

关于"他或她"的资料，是情报工作的绝密。

"他或她"，是在国民党败退时，中共情报部提前布局布置的一枚险棋冷子。为了这张海图，上级启动了"秋蝉"，足见这次任务的意义有多重大。

武生洋道："若非'秋蝉'之功，我们不可能获取这张图。"

"'秋蝉'有没有危险？"

"目前没有，我们选择了革命事业，就自然要把生死置之度外。"

黑影点点头，道："新的战斗就要打响，这张图要尽快送到对岸去。"

武生洋道："留给我们的时间已经不多了。"

黑影道："现在全城所有口岸都戒严了。"

武生洋沉声道："特务头子卢半峰，已经通知各个可能传递地图出海的口岸戒严，并且在疯狂地追查此事。"

"卢半峰？"黑影陷入了短暂的沉默，从他的沉默中可以看出卢半峰的棘手和难缠。

武生洋道："此人颇为棘手，他会是我们送出海图的最大障碍。"

武生洋将手里的纸条塞到了黑影手里，悄声道："海图已经送至下一个联络点。"

黑影背了过去，只听武生洋继续道："我要返回校园去。"

"返回去？"黑影有些不知所措。

武生洋淡淡笑道："我还有很多事要做。下一段路，就交给你了。"

武生洋是从北平过来的。当年他在北平传播新思想，组织学生运动，后来随着解放形势的发展，他又领受任务，赴海岛之上，以台大教授身份组织开展活动。他在课堂上幽默风趣，旁征博引，讲课深受学生喜欢。

岛内官商政要，多数都听过他的演讲。他有着深厚的国学功底，对书画的鉴赏更是权威，这使得他成为不少要员的座上宾。当然，这也是他得天独厚的条件。

这黑影人，是他多年来的搭档。

他们并肩作战很多年了，终于要看到胜利的希望了。

二人相背而立，傍晚的太阳落山了，夜色不知不觉间将二人笼罩。

"邵知行被捕的消息，我已经听说了。"

武生洋道："我知道邵知行一定会扛过去的，无论发生什么，他都不会交代，也绝对不会叛变。"

黑影道："无论发生什么，保密都是我们的使命。"

武生洋道："是的，无论发生什么，都要保守秘密，哪怕是牺牲生命。"

黑影的声音有些发颤："你千万要记住，无论什么时候，都要保全自己。"

武生洋道："嗯，我们会看到胜利的那一天！"

黑影握住了武生洋的手，他的手很干燥，也很温暖。他二人在这个接头点见过很多次面，传递过不少情报，早已建立起非凡的默契。

黑影道："务必珍重。"

武生洋扶了扶金丝眼镜，道："你也一样。"

"务必珍重"和"你也一样"，他二人不知说过多少次，就像是既定的台词脚本一样，每次接头，都要用这样的对白来结束收场。

这八个字，简单却饱含深情，那是一种生死相随，可以把命交到对方手里，把后背交给对方的誓言。

只是他二人不知道，这将是他们最后的对话。

05　第三份口供

武生洋是在晚上七点一刻回到学校的。

他的宿舍在学校南边靠湖的位置。教授楼的墙刷成故宫的宫墙红,这是历史系特有的颜色。

他远远看着台大的学业楼,内心不由得感慨,解放形势已经发生了极大的变化,这座美丽的岛屿一定也要回归人民的怀抱。

他深知自己所从事的工作的重要性。在任何战争中,情报工作永远是处于重要位置的。当然,情报工作也有正义和非正义的区别。为了解放在白色恐怖下饱受磨难的群众,为了伟大革命而开展的情报工作就是正义的。侵略和反动的情报工作,就是臭名昭著的特务活动。

熟悉历史的武生洋想起了当年的清日战争,抛开清政府自身的问题不说,在开战之前,日本就已经进行了庞大而细致的情报搜集活动。赫赫有名的日本谍报大师荒尾精借助企业家岸田吟香,组建了一个完整的间谍网络,发起了"刺探四百州"的情报搜集活动,上千名一线间谍全体出动,挑着担子,扮成货郎、僧侣、医师,出城下乡,实地了解底层民情、山川地形,直接前往天津、威海、旅顺、大连等地，为日军海战先期搜集情报。

最为关键的是，日本情报部门直接将书店开到李鸿章直隶总督衙门旁边。每当有人来总督衙门办事，书店的情报人员就会设法与其攀谈，套取情报，甚至派人尾随他们，详细侦察。

通过反复的搜集和勘查，在清日海战之前，日本就已经拥有了一张详细的威海沿线地图。在这张地图上面，威海的军队驻地、炮台坐标、村庄道路，甚至连树木的位置都清清楚楚！

面对如此庞大而细致的情报活动，清朝政府焉能不败？

武生洋在前几天的课上，和学生提到了这段屈辱的历史。有几名进步青年听得热血澎湃，誓要努力为民族图强。

不过话说回来，从专业技术来说，日本的情报测绘，处于当时的领先地位。这张庞大而细致的海图，如果不能为我所用，就会变成敌人固守海峡的利器。

武生洋感觉肩膀很沉，海图已经到手了，现在他的任务已经完成了一半，剩下的是按照既定计划，配合同志们把它送走。

武生洋踏进宿舍楼，管理员告诉他，教训处的头头正在找他，很着急的样子，好像是因为他第二天的课需要调整。

"为什么不直接来找我？"武生洋刚刚问出口，就惊觉自己这个问题可真是白问了，能找得着的话还用管理员传话吗？

"我也不知道，武教授，我看您还是先去教训处那儿看看吧。"

武生洋点点头，转身出了宿舍楼，朝教训处走。去往教训处，要经过学校最长的一条绿荫道。

武生洋时常在这条绿荫道上思考问题。

今天的夜色有些诡异,他已经做好了心理准备。

当他快要走到教训处,离办公大楼只有几十米的时候,树荫旁的黑暗之处,突然亮起了一点星火,那是一支烟的烟头。

"你好,武教授。"一个声音响起,沙哑而冷漠,像是地狱来的魔鬼。

武生洋淡淡地站定,他已经知道是谁来了。

魔鬼卢半峰。

卢半峰来抓捕武生洋,内心也是有颇多顾忌的,一来武生洋和他的上头过从甚密,二来从台大带走一名德高望重的教师恐怕会引发连锁反应。

所以他选择了将武生洋引到这个没人的地方。

武生洋内心其实明白,都晚上这个点了,教训处要调整明天的课程,还会彻夜等着他?

这得是多敷衍的理由。

烟头的亮光跟随着卢半峰的呼吸,一明一灭。

"你们要干什么?!"他的胳膊被两名黑衣人死死按住,武生洋激烈地反抗。

卢半峰将沉重的枪口抵住了武生洋的额头。

"带走!"卢半峰长长吐出烟圈,压低了声音,"你不想闹得你的学生都知道吧?"

黑夜像妖魔鬼怪一样,把武生洋拉进了深渊。

对武生洋的审讯开始了。

武生洋在被捕后不久,就招供了。

卢半峰喜出望外地发现,武生洋比邵知行、茅三前更容易拿下。用刑不多,他只挑了一些简单有效的重刑。

果然文人的骨头不太能扛刑。

他似乎真的听从了同伴的告诫,无论什么时候,无论发生什么,都一定要保全自己。

武生洋的供述大约用了两个小时,他交代的东西很多,可是和案件有关的并不多,他的交代更像是一个学者在给卢半峰上课。

问到关键问题,武生洋说:"海图是我偷的……"

卢半峰眼皮一跳,意识到了不对劲,怎么又变成武生洋偷图了?

"为什么偷图?"

武生洋交代得更加细致,他是研究历史的,清日战争阶段,日本曾通过人力测绘手段,完成了情报搜集,所以,他很想,不,是热忱地希望,能实在地研究一下日占时期的岛屿测绘图。

卢半峰眉毛一斜,道:"那个测绘图?"

"对,就是那张海图,在学界里,这不是秘密,日本人当时做过一张图,就是这个……对,是的,我知道。"

"说说吧,具体怎么偷的图?"

武生洋又交代,他经常受作战计划处头头的邀请搞讲座,曾经受邀参观过地图室。做学问的人,一旦看到了自己梦寐以求的研究资料,就手痒心痒,于是他找机会偷偷开了地图室的锁!

"那地图哪里去了?"

武生洋继续说,那地图目前放在他山上"禹山别院"的保险柜里,他本来打算等完成了研究,就把地图还回来的。

"禹山别院"在桃园,已经出了台北!

且慢，卢半峰侧过脑袋，按住了记录员的手。

在武生洋的交代里，出现了一个邵知行和茅三前都没有提过的细节——他说，他是偷配了三把钥匙。

地图室的锁，确实是由三人共同管理，一人一把钥匙，三人共同到场，才能开启。当然，三名机要员的上级肯定也是留存有备用钥匙的。这个上级的范围，包括校官级别的作战计划处参谋，也可能包括更高层级的人，也就是将官级别的司令部要员。

一个台大教授，利用和上层要员交往的过程，悄悄偷走钥匙，这计划得有多周密！

这可不是邵知行和茅三前交代的那样，学了几天锁技，凭一己之力就能办到的。你以为你是明清时期锁技行会的六合门传人？

也就是说，邵知行和茅三前根本连地图室有几把锁都没搞清楚，他们交代的，根本就是扯淡！

那么武生洋到底是对哪位手握机密的军官下手，盗取了三把钥匙？

如果武生洋说的是真的，这下调查方向更复杂了。军法明令，任何分别保管的机要钥匙，都不得集中存放在一人手中。

规定是规定，但在国民党的军中，不按照规定办事的官员太多了。要是你的顶头上司分别叫来三个机要员，说要备份一把钥匙，你难道还敢质疑上官？正所谓多一事不如少一事！

那武生洋是对三名机要员进行了策反？也不对啊，卢半峰在抓获茅三前之前，就对三名机要员进行了调查。三名机要员是保密系统的老人，背景履历符合一切选拔和任职条件，最重要的是，三人所有的交接手续根本就没发现问题。

这三人的忠诚度，是得到过高层认可的，这样的三个人，互相监督，监守自盗的可能性实在不大。

卢半峰抓起了武生洋的衣领，道："那你告诉我，你是从哪个高级军官那里一次性盗得了三把钥匙？"

武生洋已经神志不清了，他耷拉着脑袋，鲜血从他额头汩汩流下，甚是恐怖，他突然凑到卢半峰耳朵旁边。

卢半峰一惊，以为武生洋要咬他的耳朵。

岂料武生洋已经没有力气再把脑袋靠近他，刚刚的刑讯已经彻底伤害了他的脊柱。

武生洋的颈项发出"咯咯"的骨头摩擦的声音，他的嘴里全是血，笑道："你凑近一点……"

卢半峰凝神倾听，只听武生洋一字字道："海军总长！"

武生洋哈哈大笑起来。

卢半峰气得掀了桌子，区区一个地图室的锁，是海军总长会关心的吗？！

若说海图已经出了台北，到了桃园，老子才不信。用刑！用刑！这老小子在撒谎！上电击！

特务将电击刑具逐级调到最大功率，武生洋全身开始颤抖，很快就出现生理性失禁。

停！卢半峰冷静了下来。不能再电了，再电，这文弱书生估计得见阎王。

先冷静，桃园的禹山别院，只能信其有，不能不去查。去查了没查着，是线索问题；嫌疑人交代了不去查，那是忠诚问题。

卢半峰立刻让陈翙安排人手："对了，之前去福州路调查饭馆的回来没?"

陈翩道:"还没有。"

卢半峰道:"又有另外一个藏图地点出现了,再分一拨人去查!"

卢半峰看着血泊里的武生洋,心里疑惑,到底哪儿没对?

每个人都来认账,偷图可是要枪毙的!

06　两肋插刀

最大力度的戒严之夜已经拉开序幕，海港口岸的戒严封锁已经陆续开始。

出关口的口岸，陆续暂停了所有船只的航渡。

严峻的搜捕形势，就像两扇沉重的铁门，正在徐徐关上。

留给地下党人把海图运出去的时间和机会已经不多了。

路线选择上，武生洋和"秋蝉"经过反复商量，确定了今天晚上的路线，这是一条经过论证相对安全的路线。

"秋蝉"深深打入了敌人的军中，他太了解敌人特务系统的运作情况，所以，他与武生洋设计的方案，是一套必胜的方案。

武生洋被捕了，"秋蝉"相信武生洋不会交代自己，他们商量好的计划，还是可以照常进行！

这是一次非同寻常的冒险。

不是每个人都像卢半峰一样如此高度警惕。

从特务嗅觉来说，卢半峰确实当之无愧是一头好猎犬。避开卢半峰，就意味着成功的概率将大大提高。

在城市通向最北的一处港口的路上，两名身穿军装的军官正飞速开着军用吉普。

吉普在石板路上刹车,发出尖锐的刹车声。

先下车的一名军官拎着一只大大的皮箱,看军衔是一名副官,而随后下车的军官,名叫辛平机。

辛平机约莫四十岁,身披的呢料军装质地上成。他顾盼之间颇有风度,虽然军衔不高,却是军中左右逢源的人物。

在这个终极戒严的晚上,他来港口找他的一名旧友。

他的旧友名叫黎西风,是目前征用港口开展军差任务的某军参谋长。此人站在风中迎接辛平机,海风打在他的身躯上,反而衬得他颇有气场。

黎西风的军阶高出辛平机许多,但二人相见甚欢,互捧两句后,便聊起昔日并肩作战之事。

在两名军官引导下,辛平机与黎西风钻入港口指挥室的茶叙间内。二人就座之后,副官将大皮箱放到了辛平机身旁。

黎西风斜眼瞄了一下,对这大皮箱皱起了眉头,这个家伙又要给我找麻烦了。

黎西风吩咐人倒上高山老茶,茶香扑鼻,为这个诡谲的夜晚增添了一丝清新之意。

辛平机笑他以茶待客,实在不够大方,转身从随身的小皮袋里掏出一瓶威士忌,要给黎西风面前的茶杯倒上。

黎西风伸手一挡:"军令在身,岂敢饮酒。"

辛平机笑了,将酒瓶绕过黎西风的胳膊,还是稳稳当当地把酒倒了下去。

"老黎,我还不了解你吗!当了军官就要摆架子了?"

黎西风闻到酒味儿,直摇头:"我就是太了解你,这杯酒要是喝了，我就没法推托你要交办的事了。"

辛平机笑道："你怎么知道我要交办你事？"

黎西风道："我还不了解你！"

辛平机递了个眼色，副官退了出去。他从怀里掏出一个锦缎小包，递给黎西风。

黎西风看那锦缎小包甚是精致，料想里面装着非凡宝物，他闭上眼睛，抿起嘴巴，用力地吸了一口烟，道："老辛，这里面的东西，我看就不必打开了。"

"这是何故？"辛平机问。

"你太了解我了，所以你一定带着我没法拒绝的东西。"

辛平机道："我找你办事，又不是一回两回了。"

黎西风依然闭着眼，他神色凝重，道："可是这一次不一样。"

辛平机故作着急，道："有何不同？你帮我给老家捎东西，又不是头一回了！"

黎西风面色微微动容，道："我以前可没帮你给老家捎过东西。"

这就是故意要否认了。

辛平机道："老黎，我在舟山尚有八十老母，这些药品紧缺得很。"

黎西风道："我就不废话了，老辛，今天你要真是给咱们母亲带药品，我绝无二话，可是你要捎别的东西……"

辛平机截口道："那就成了啊！我还能害了你吗？"

辛平机将锦缎小包推了过去，黎西风眯起了眼睛，他伸手摸到了小包里的东西。他都不用打开小包看，只觉触手生温。呵，出手真阔绰,这手感怎么都是明代以前的,还起了一层厚厚的包浆。

辛平机太了解黎西风了,他一生爱好甚是寡淡,唯独对古玩情有独钟,这块玉器乃是辛平机费老鼻子劲才搞到手的,不怕他不接受。

黎西风终于从包裹里掏出了玉器,他先是惊叹,眼中放出精光,继而皱起眉头,不知思索何事,终于,他眉头复又舒展。

辛平机看在眼里,乐在心头,他面前的酒色映衬着头顶的灯光,显得有些迷离。

这些年,辛平机在军中左右逢源,长袖善舞,不是浪得虚名的。此刻对于黎西风来说,好友重金请托,美酒当前,美玉在手,若是拒绝,只怕难开尊口。这正是投其所好,不怕你有要求,就怕你没癖好。

最最要命的是,黎西风违规帮辛平机捎东西出港,已经不是一次两次了。有时候是捎回舟山老家,有时候甚至还捎到香港去。

黎西风从来也不问辛平机,有些事不知道比知道好。

二人静默了片刻。

黎西风端起了面前的酒,猛地一口干了。

辛平机心中一宽,道:"老黎,我就知道,你最够意思!"

黎西风看着辛平机,他的脸色突然变得难看,扭曲痛苦道:"若是你早半个小时来找我,就好了。"

辛平机端酒杯的手微微发颤,道:"若是我早半个小时来,你待怎么样?"

黎西风指着辛平机身旁的那口大皮箱子,道:"我就能当作什么都不知道!"

蓦地,警笛大作,无数的手电光束从窗外照了进来,光束在白色墙上不停晃动，晃着辛平机的眼，晃着黎西风的眼，也晃得桌上的好酒和美玉熠熠生辉。

那似群魔乱舞的光束之后，冒出卢半峰那沙哑又低沉的声音。

"只怕你现在已经没法当作什么都不知道了！"

07　第四份口供

破案了。

终于破案了。

卢半峰终于在上头交代的时间内，破案了。

辛平机的大皮箱里，装的正是那张巨大的海图。

这张海图，由二十张小图拼成，如果挂起来，足有一面作战室的墙那么大。

平日里，这张海图并不起眼。二十张小图叠放在一起，静静地躺在地图室机密档案架的牛皮夹子里。

现在，这二十张小图就叠放在辛平机那口大皮箱的最底层，上面是各种特效药。

箱子里的每一种药物，他还煞有介事地摘录了外文说明书并进行了翻译，这些药对症一些老年人的常见病。

辛平机可谓做足了功夫，也做足了掩护。

那么，卢半峰是通过什么方式找到辛平机的?

问题出在福州路的川菜馆上。

福州路的川菜馆是卢半峰怀疑的第一个藏图联络点。根据他对付"匪谍"的经验判断，海图应该还没有那么快转移，现在只需要尽快堵住转移的交通线路，就能及时阻止损失。

当卢半峰手下的人冲向福州路川菜馆的时候，川菜馆的师傅刘金川正在涮锅。

锅里刚刚用豆瓣酱炒了回锅肉，香味飘得满屋子都是。

当时从大陆来到海岛的军队里有很多四川人，他们这些外来兵因为生活习惯与本土人迥异，有许多不便，特别是吃不到嗜辣的川菜。

这些外来兵后来被安置在一些眷村，他们做出了和四川口味相近的豆瓣。如果说枪炮不能统一世界上所有人，那么川菜的麻辣鲜香则可以征服大部分的人。

刘金川的手艺很棒，今天川菜馆的生意不错。可是当特务疯了一样钻进来的时候，他笑不出来了，因为所有的顾客都跑掉了，连结账的时间都没有。

为首的特务用枪指着他，其余特务将整个店翻了个遍。

另外一队特务要走得远一些，禹山别院不在台北，而在桃园。

这队特务几乎没有花多少工夫，就找到了武生洋的禹山别院。

特务们欣喜若狂，禹山别院里有很多书籍，用汗牛充栋来形容根本不为过。根据他们往常的经验，这么多书籍里一定隐藏着重要的线索，比如名单、密码等。

铺天盖地的搜查开始了。

卢半峰的手下使出了浑身解数，想要找到和武生洋、邵知行、茅三前有一丝关系的线索。

不过，这一次搜查行动，和福州路川菜馆的结果是一样的——竹篮打水一场空。

这样的结局卢半峰其实并不是没有预料到,他只是仍抱有一线希望。

他仍然将刘金川带了回来。

刘金川的店里,经常有军官聚集吃饭,有没有问题?

他细细拷问刘金川:"你那川菜馆生意火爆,平日里有没有军方的人物光顾?"

这件事,一定有内因,问题一定出在内部。

刘金川倒是不含糊,把所有光顾过川菜馆的军队人员都说了个遍。

这人也是个人才,所有来吃过饭的人谈话说了什么、是什么衣着打扮、军阶几何、口音是哪样的,他都能说得一清二楚。

如果的确有军队内部人员违规盗用地图室地图,那么嫌疑人会不会就在刘金川交代的这些人里面?

卢半峰的脑袋有点疼,他感觉自己就要接近真相,可是又感觉有人在领着他绕圈子。

就在他以为快要断线的时候,陈翾发现了一个线索。

长袖善舞的辛平机,曾邀请地图室机要保管室的参谋员宁晚春在福州路川菜馆用过餐。

宁晚春听起来像个女人的名字,其实是个沉默寡言的男人。他今年三十五岁,干机要参谋很多年,深得上官信任和器重。

此前地图被盗,卢半峰第一时间怀疑的就是三名手握地图室钥匙的机要参谋。

包括宁晚春在内的三人的口供严丝合缝,交接手续完整,且有司令部直接出面作保。

司令部作保一事，倒不是因为这三人有多深的后台背景，而是上层人士对于特务系统的倒行逆施已经忍无可忍。蒋家父子为稳住政权，叫嚣着要肃清"匪谍"，内政调查部、军统保密局、保安司令部、宪兵司令部、警务处等机构动辄拿起"肃匪"的大棒，搞得人人自危。

国民党元老人物李默庵、魏道明等人避居海外，正是上层人士对现状失望态度的折射。旅美台湾作家江南曾在书中将此时的海岛比作"火药桶"。

三把钥匙分别保管，一人一锁的交接制度，没有任何问题。没有线索，没有证据，没有任何可疑之处，问题只能是出在外部，盯着机要参谋不放，卢半峰你要干什么？是要挑战整个机要保密制度，还是要挑战军心的底线？

卢半峰必须要在夹缝中取巧，先找到海图，让上头无话可说，然后得"从证据到人"。这一次，惯常的"从人到证据"的粗暴做法，是行不通了。

宁晚春是个沉默寡言的男人，对他的调查显示，他是个极其克己的人，他每天穿同样颜色的衣服，像轮班的螺丝钉一样，围着机要室转。这个男人没有任何一丝违规活动，平日里连过马路都依礼依规。

这样的人，为什么和左右逢源的辛平机走到了一起？

辛平机有个外号，叫"官场逢源机"。

这样的二人，在饭馆里，能谈什么？

宁晚春总不会有耐心听辛平机说书吧！

反常，实在反常！

卢半峰把辛平机纳入调查视线，又费了一番周折，直到截获了一个奇怪的电话,辛平机和征用某港口的黎西风有联系。

港口?船只?

辛平机要干什么?

卢半峰点上一根烟,这黎西风可是出了名的为朋友两肋插刀。

要搞定黎西风,就得先把他定性,他若知情就是共犯。

卢半峰把烟摁灭,他倒要看看,在生死面前,义气能值几个钱。

既然想要人赃并获,就必须请君入瓮。

经过缜密的设计,卢半峰终于人赃并获,大获全胜了。

根据辛平机交代,他是逐一打上了三个机要参谋的主意,通过各种方法,骗取、盗取了钥匙,然后另配了一把。

辛平机通过很长时间的观察,发现三人在换班的过程中,有一个交接的空当,这个空当足够让他潜入地图室。

"那么你的上级是谁?"

辛平机茫然道:"上级?什么上级?我只是想挣钱,这些东西能在黑市里换钱!"

卢半峰的脸色顿时就变了:"辛平机你是知道我的,我可一直都是通情达理的人,你要是这么说,我就很难通情达理了。"

辛平机耷拉着脑袋,告诉卢半峰:"我就是财迷心窍,想搞点'小黄鱼'。"

"小黄鱼"是当时民间的说法,实际指小金锭、小金条。

卢半峰按住了他:"别说了。"

辛平机见卢半峰屏退了左右,立马明白了卢半峰的意思,他沉声道:"我愿意充公。"

折腾了大半夜终于有了结果,卢半峰的脸色变得和悦了些。名利双收的事,在他看来当然是好的。

所有对卢半峰质疑的声音都停了下来,一场"限时抓鬼"的大戏终于落下帷幕。海岛当局对卢半峰的报告非常满意,破获匪谍,追回重要机密海图。

当然,在卢半峰的报告里,一些细节已经不重要,他也不需要向上禀呈。深谙官场之道的卢半峰懂得,有些事,点到为止,越往上,就越不会关心过程,只关心结果!上头那么忙,难道能认真看汇报中每个审讯的细节?

什么细节?

当然是茅三前、邵知行、武生洋、辛平机及其随行副官,以及川菜馆老板刘金川一共六人的供词细节。这六人的供词都是独立的,经过认证,确实是客观的。

卢半峰看了看时间,港口口岸的戒严已经全部部署好了,最后一艘航船已经从港口出发,在这之后,短期内没有任何人能出岛。

现在整个海岛就像铁桶一样。

卢半峰叫上陈翩,二人去了福州路的川菜馆,他们准备点两个菜,来一瓶酒,庆祝一下。

还有什么放不了的心?

没有了,终于可以松一口气。

"秋蝉行动"是否真的失败了?

08　七个谎言

大戏还没有结束，主角才正要登场。

就在卢半峰积极邀功的时候，一个装载着海图的箱子已经送到了大陆。

这个箱子里不光装着这份来之不易的地图，还装着许多份重要军事情报信息。

所有情报都来自一名代号叫"秋蝉"的同志。

这些信息全部使用密写，内容相当丰富，包含沿线岛屿的多份防卫方案，其涉密程度不可谓不深，其情报价值可谓极高。

箱子里确实装着那份"一号机密"的海图。那辛平机被人赃并获的，又是什么？

谁携带了这个箱子？

携带箱子的人叫秦孝明，是"秋蝉行动"的重要参与者。

秦孝明三十来岁，以茅三前的摄影助理身份作为掩护，长期活跃于新闻摄影界。他是跟随国民党的一家日报社退到海岛来的。他曾经有个师父，教会他许多革命的道理。

秦孝明带着皮箱，乘坐列车到了台中，又从台中到了高雄。

从台中到高雄，铁路列车大约行驶两百公里。

他在和时间赛跑。

他要赶在所有港口戒严之前，登上已经安排好的海轮，同时还要避开卢半峰等特务的盘查与追击。

卢半峰能想到的口岸，一定要尽可能地避开。

绕开这些口岸，需要时间，需要舍近求远。

卢半峰的动作很迅速，海岛当局的反应速度也很快，毕竟要求特务部门限时破案，承办人是有巨大压力的。

那么，该怎么争取时间？

秦孝明在列车上，将箱子抱得死死的，箱子里装着他拍摄的各类照片和摄影资料，这些东西符合他的身份。他遇到过盘查，但凭着老道熟练的经验，应对得天衣无缝。

老旧的列车发出"哐哐"的响声，让秦孝明感到有些枯燥。

秦孝明想起自己上一次出远门，是和宁晚春一起。对，就是宁晚春，保管地图室三把钥匙之一的参谋员。他二人乘坐长途公共汽车，沿着临海公路去花莲，途中会经过一段险要的峭壁，公路的一侧就是大海，可见白浪滔滔。

秦孝明和宁晚春是一对挚友，也是相互信任的同志。

除了宁晚春外，秦孝明的同志还很多，比如茅三前，比如邵知行，比如武生洋，比如辛平机。

"秋蝉"不是一个人。

"秋蝉"是一个工作小组。

正是有着"秋蝉"小组全体成员的相助，秦孝明才得以脱身离开台北。

整个盗图计划是秦孝明与武生洋共同策划的。

宁晚春和辛平机、邵知行设法弄齐了三把钥匙，潜入了地图室。

秦孝明是摄影记者，和照相馆熟，他买通了照相馆的人，借到了一台高端照相机。

海图被运出的晚上，秦孝明与武生洋将巨大的海图分成二十张小图，拍成了胶卷。

在那个紧张、压抑、激动的夜晚，秦孝明用了六个小时，完成了对海图的拍摄。

拍摄房间外面，偶有戒严巡视的宪警，拎着马灯，骑着单车，来回巡逻。

秦孝明的额头布满了汗珠，他的手微微发抖。

负责警戒的刘金川等人在门外，紧握着武器。

这平静之下的简单动作，比任何正面交战还要惊险。

东方将白，黎明破晓时，终于大功告成。

好了，现在需要把这份重要的海图和之前获取的重要情报一并送出去。

那么，谁来完成送信的任务？

"秋蝉小组"开始讨论，讨论的结果是，秦孝明是最合适的人选。

根据情报显示，海岛特务部门已经在逐步收紧港口，卢半峰正像疯狗一样缉拿怀疑对象，而茅三前已经成为怀疑对象。

留给"秋蝉小组"的时间并不多。

一个大胆的计划经过酝酿，快速落地了。

在实施这个计划之前，"秋蝉小组"的八个人决定吃一顿好的。

刘金川下厨，辛平机拿出了好酒，武生洋拿出了藏了很久的收音机，他们听到了广播里来自北京的声音。

秦孝明想起当晚的情景，不由得眼睛发酸。

他知道自己就要告别和他一起战斗的战友了。

此去一别，生死两隔。

秦孝明终于在高雄的一处港口登船，他将经历风浪，穿越海峡，完成使命。

他不是第一次感受到这种牺牲的力量。

"秋蝉行动"的收尾方案，竟然是"自投罗网"。

对，没有错，是"自投罗网"。

根据对形势的分析，他们已经没有办法全身而退，也没有办法躲过卢半峰的追捕。

没有办法为秦孝明争取到时间，那么他们该怎么办？

"秋蝉小组"实施了一个大胆的方案。

如果有人被捕，就要启用这套方案。

那就是：六个人，说六个完整的谎话，做六段完整的供述！这六段供述，要足足撑满时间。

撑多久？

撑到秦孝明安然离开台北，抵达高雄。

撑到秦孝明完成交通任务，登上最后一班海轮，将箱子送出去！

六个人，用六条命来支撑最后一段送信的时间！

这是怎样伟大的精神和情操！

武生洋对秦孝明说："下一段路，交给你了。"

自古以来有谓"死士"者，无出其右，六个人，六段路。

加上宁晚春的陈述，一共七个"谎言"。

七段陈述，独立而完整，最终将卢半峰等特务的视线转移，带到辛平机的身上，带到黎西风的港口处，在那里他们会如愿以偿找到海图。

　　所有的调查路径都是那么完整。所有的口供都是如此严丝合缝。

　　从茅三前的供述开始，到查获辛平机，就是一个完整的闭环。这些供述，设计得很有技巧，卢半峰是"老鬼"了，知道哪些是真，哪些是假，那就喂一半真的给他，让他误以为自己拎着"线头"了。

　　然后邵知行出场了，武生洋出场了，辛平机和他的副官丁凯出场了，刘金川出场了，宁晚春出场了。

　　每个人都说得有鼻子有眼。

　　卢半峰以为自己拎着"线头"，其实，他正是被人拎着走！

　　卢半峰永远不会相信，要见阎王的事怎么会有人抢着来认账！

　　他那样的人，怎么会明白如此大义？

　　等卢半峰发现茅三前的摄影助理不见的时候，他一定也就反应过来了，这张找回来的海图，已经被拍摄过了。

　　但这个时候，秦孝明已经登上了海轮。

　　深谙官场之道的卢半峰，会不会自己打自己的脸？

　　海上的风浪很大，秦孝明迎着风，被吹得脸疼。他想起亲密的战友，他们有的只是代号，有的使用化名，可是他们却能以命相托！这种信任何其伟大，这种精神何其高尚！

　　他看着远去的海岸线，战友们，或许多年后相见，已是白骨黄土。

　　人生相见不相识，我自向北君向南。

这世事茫茫，何日才能重逢？这海峡浅浅，他日必能相聚。

秦孝明不由得泪流满面，他想起武生洋曾经说过的一句话。

"我愿意将我的青春和热血，献给这伟大的事业，哪怕是牺牲生命也在所不惜。"

第三章 惊雷

01　沙朗国

几名白人游客坐在破旧的突突车上,东南亚风格的建筑物从街道两旁缓缓向后行。

此刻正值沙朗国最适宜旅游的季节。

车后追着一群衣衫不整、手捧空碗的沙朗国小孩。

白人游客不时地向小孩们扔去糖果和小玩意儿,每当小孩们为了这些东西相互之间大打出手,他们便笑逐颜开,扔下更多的随身物品引诱小孩们追逐。

沙朗国小男孩赫洛在混乱中抢到一把制作精良的瑞士军刀,往远处跑去。

沙朗国国都的中心街道上一片沸腾,民众沉浸在欢乐的氛围之中。小男孩赫洛穿过正在做礼拜的人群,一路小跑进城东的黑市。

黑市里充斥着各种枪支、弹药、毒品等,各色人种悄声低语地做着买卖。赫洛在一个摊位前停下,掏出怀里的军刀,递给一脸狡诈的摊主。

摊主从桌底拿出三个罐头给赫洛,赫洛摇头,表示这价格太低了。摊主盯了他一眼,说道:"快走,艾桦今天在集市里做买卖，再不走，我让他打死你。"

赫洛吓得赶紧离开。摊主口中的艾桦，是集市里有名的混世魔王。此刻的艾桦嘴上叼着烟，坐在椅子上，右手抛着一枚带中国标识的纪念币。此人二十出头，是中沙两国混血儿。

艾桦的手下、沙朗国青年伊扎手法娴熟地在三个黑人面前展示枪支。

交易已经完成了。艾桦准备打开袋子数钱。

为首的黑人拿起装好的枪支查看，忽然将枪口对准艾桦。伊扎刚想动作，就被后面的黑人制住。

黑人大声喊："把钱放下！"

艾桦耸耸肩，把钱扔回桌面："詹姆斯，在这个国家买卖枪支是合法的，但抢劫可是犯罪。"

那黑人道："钱和枪我都要。"

黑人准备将两人杀死。

艾桦道："等等，我们做个交易如何？你放了我俩，我帮你们出境。"

艾桦用眼神指了指枪口下的伊扎。

三个黑人的眼中都有一丝犹豫。

艾桦道："你们真以为凭这几把枪，就能搞定沙朗国调查局的人？"

后边的黑人慢慢放开伊扎，伊扎走回艾桦身后。

艾桦道："不过，只有一本护照。"

艾桦扔了一本护照在桌上："至于谁走，你们三个商量吧。"

空气在一瞬间凝固。詹姆斯立马转过枪头扣动扳机，准备杀死自己对面的黑人，但枪并没有响。

下一秒，他被对面的两个黑人射死，倒在血泊之中。

动作稍快的那个黑人瞬间又将另一个人杀死。

血溅在艾桦脸上，他依旧面不改色。

幸存的黑人立刻伸手去拿护照。

黑人还没拿到东西，沙朗国调查局的警员冲了进来，把他按住。

艾桦喃喃自语道："来得这么慢……"

艾桦扒拉出黑人身下的钱袋子，取下嘴边的烟蒂扔到血泊之中，用手擦去脸上和手枪上的血。

伊扎问："老大，你明明知道詹姆斯的枪里没有子弹，为什么还跟他们废这么多话？"

艾桦用手戳了戳伊扎的脑袋："那你头上的呢？"

伊扎恍然大悟。

调查局干警喊："艾桦，他们抢劫，你需要配合做个笔录。"

艾桦掂了掂钱袋子，道："别，钱我收了，就不是抢劫了。至于杀人的事，凶手已经在你们手上了，不是吗？"

说完这句话，艾桦便起身和伊扎头也不回地走了。

艾桦从木屋里出来的时候，小男孩赫洛正好撞上他，罐头也掉到了地上。

赫洛吓得瑟瑟发抖。

艾桦帮赫洛捡起罐头，用手摸了下赫洛的脑袋。

赫洛抱紧罐头跑出黑市，他一边跑，一边想："集市里的魔鬼，原来也没有那么可怕。"

沙朗集市向东数百公里，就是中国的国土。

此刻中国边境某仓库中正在进行一场抓捕行动。

年轻干练的国家安全局干警李文俊身着防弹衣，带领一队国安干警在一间废弃仓库实施抓捕。他的身旁是他多年来的搭档，干警周跃云。二人不仅是搭档，还是大学里的师兄弟。

李文俊观察周遭环境，按了按耳边的无线通话："信息。"

远在国家安全局指挥室内的女干警赵司默头戴通话耳机，面前的电脑屏幕上不停地出现大量数据资料。

墙壁上挂着国安蓝底盾剑徽章。

徽章下面是两行铭文：对党绝对忠诚，甘当无名英雄。

赵司默正带领技术部门分析处理大量数据。

赵司默道："目标嫌疑人'老狗'，窃取电能研究院核心资料，绝密级两份，机密级十一份，涉嫌非法向境外提供秘密资料。这批资料在国外情报黑市的价值不低，今日接头。局长指示：抓贼拿赃，消除危害。对方共四人，三男一女，一男刚刚负伤，有自制武器。"

周跃云闻言一惊："啊？有武器！俊哥我有点紧张。"

李文俊道："别尿，平时'吃鸡'的劲儿哪儿去了？"

周跃云道："真人'吃鸡'是第一次啊。"

李文俊道："速战速决，我们家老头等着我打国际电话呢！"

赵司默一边看李文俊实时回传的影像资料，一边查找仓库资料，给出准确的提示信息。

李文俊耳机中传来声音："西北方向。"

蓦地，三个嫌疑人出现，朝李文俊和周跃云开枪。

李文俊侧身，巧妙地避过西北方向的敌人射击。

国安干警快速还击，三下五除二就解除了敌人的威胁。

赵司默电脑上的影像显示，李文俊一行人已成功抓捕敌人。

赵司默长长松了一口气，突然，视频里一个负伤的嫌疑人悄悄拿出一把手枪对准了周跃云。

赵司默大叫："小心！"

李文俊回传的影像信号消失，画面变黑。

仓库内，李文俊推开周跃云，被子弹击中。

李文俊染血的手机响起，屏幕上显示这是一通来自沙朗国的国际电话，呼入者为"老爸"。

李文俊的父亲李乐山，是中国援建沙朗国驻外电能专家团的工程师，父子俩聚少离多，全靠国际电话联系。

李文俊意识模糊，只听见周跃云渐渐变小的喊声。

02　电　站

　　从集市里跑出来的小男孩赫洛径直跑回家，他用瑞士军刀换到了罐头，心满意足。在他回家的必经之路上，会经过一座即将完工的高聚能水电站，这座水电站是中国与沙朗国共同建造的，用以解决沙朗国的用电问题。

　　从山上俯瞰，水电站像是一只巨兽，盘踞在峡谷之间，两岸的雨林植物像是巨兽的毛发与棱角。

　　水电站即将完工，此刻正值工人用餐的时间，工人看着小男孩赫洛奔跑的背影，想到自己的努力终将给这些小孩带来光明，颇为欣慰。

　　赫洛的家很简陋。昏暗的煤油灯的灯光下，奶奶正为自己的瞎眼老伴抓虱子。

　　许多苍蝇"嗡嗡"乱飞，其中一只悄悄地停在了桌上，突然，一只手伸出来打死了苍蝇。

　　死苍蝇被扔进罐子。赫洛大大的眼睛看着罐子里堆满了苍蝇尸体。

　　赫洛喊："爷爷，奶奶，开饭了。"

赫洛把罐头和盒饭放在桌上。

瞎眼老头在桌上摸来摸去。赫洛给奶奶打开罐头,自己则拿着一个脏兮兮的勺子给爷爷喂食。

风卷残云之后,赫洛拿手指在罐头内壁上刮来刮去,舔干净最后一点残渣。

赫洛想,水电站快完工了,那个时候,他们就能用上电灯了。

水电站同样牵动着沙朗国高层的心,沙朗国政府代表恩伊此刻正在富丽堂皇的国府会客厅里,与中方代表商讨事宜。

中方代表道:"洛普电站已经开始进行最后阶段的施工,再过几个星期,便可以验收。"

恩伊先生面露微笑,道:"代表先生,我相信你们也很清楚,这次的洛普电站工程对于我们国家来说有多重要。我希望,电站能按我们约定的时间,在下个月神祷节之时投入使用,能让我国实现电能全面覆盖,电灯能点亮万千家庭。"

中方代表道:"恩伊先生,中国政府明白这次合作对于两国人民而言都意义重大。能够与'一带一路'上的国家一同成长,拥有一个更美好的未来,这也是我们的伟大理想。无论如何,中国政府承诺,电站一定能在神祷节前正常验收,节日当天投入使用。"

双方代表抬头看了看墙上悬挂的日历,离神祷节已经不远了。

国府会客厅的东面是议政党办公室,秘书普尼轻轻敲门。普尼是典型的东南亚男子长相,三十出头,从入职开始就跟着曹迪,可惜曹迪一直处在在野党的位置上。

在野党党首曹迪正坐在椅子上,逆光下依然可见他阴鸷的脸。

普尼进门后,朝着椅子上的曹迪耳语:"西方黑眼联盟的罗伯特代表转达给您,绝不允许下个月电站竣工……"

曹迪道:"平心而论,电站竣工对我们国家子民是有好处的,可是,政治有时候没有黑白。敌人的朋友,就是敌人;敌人的敌人,就是朋友。你懂的,普尼?"

普尼点点头。

半晌,椅子慢慢转过来,曹迪从抽屉里拿出一个很大的牛皮纸袋递给普尼:"钱要分批汇入,做干净点,别让人发现了。"

普尼点头退下。

夜幕笼罩下,普尼驱车去了繁华街区的一家会所。他习惯用这种方式来消除一天的疲惫。

他和几个金发碧眼的美女左拥右抱,他对面坐着一名满脸络腮胡的凶横男子。男子名叫卡康,是沙朗国地方独立武装的头目。

普尼喝完杯中的威士忌,轻轻地放下杯子,拍了拍双手。

美女们收回在普尼和卡康身上游走的手,起身离开了包间。

卡康眼神迷离,些许愤怒的眼神里带着不解,看着普尼。

普尼轻声道:"卡康先生,我是代表曹迪先生来与您进行私人会谈。"

卡康道:"曹迪自己不来见我,派一个手下来是什么意思?"

普尼道:"曹迪先生身为政府要员,自然不便与您同时出现在这种场合。"

卡康道:"政府要员?他一个在野党党首,难道不该盼着跟我这种反对势力打成一片,好在明年的选举当中,一举推翻现在的执政党吗?"

普尼道:"所以今天我来这里,是想跟您谈谈合作的事情。"

卡康道:"诚意呢?"

普尼捏捏自己的眼镜镜腿,另起一句:"想必您已发现,最近几天,有几个不同海外账户,向您公司的账户汇入了大量的钱,就像过去您收到的一样。作为我国最大的地方武装势力的领导人,您必定深知资金对于一个军事集团的运转有多重要……卡康先生,曹迪先生虽然现在只是在野,可是在海关和调查局依然有强大的势力。我国枪支买卖虽然合法,可是超限走私武器却是重罪,我们过去睁一只眼闭一只眼也就罢了,未来希望您能看清形势。"

卡康道:"说吧,曹迪先生想让我做什么?"

普尼伸出手,卡康迟疑了一下,随即也伸出手握住对方的手掌。

普尼道:"卡康先生,欢迎您入局。"

夜幕之下,一场阴谋开始了。

沙朗国政府后门,一名公职人员偷偷摸摸地将一份文件交给一个黑衣男子。这份关于共建电站即将竣工的文件,迅速在全球各大情报黑市流传。

情报很快被放到了西方情报人员格伦的办公室案头。

年近四十的格伦是老特工了,他举止优雅,城府很深,他知悉这份情报的重要意义,他身后桌旁坐着几名利益集团代表,正在查看手中的文件。

格伦转过身:"先生们,你们知道洛普电站要是建成了,对于中国和沙朗来说意味着什么吗?"

代表们摇摇头。

格伦面色阴沉地盯着代表们,用红色记号笔在世界地图上勾出了马六甲海峡的位置。

格伦用力地拍桌子："这意味着在未来，马六甲海峡将不会再是我们钳制能源运输的'武器'了。"

代表耸耸肩道："这可不光是中国的事，沙朗也会最大程度摆脱我们的经济控制。亲爱的格伦，'新冷战'开始了。"

翌日，沙朗国政府新闻发布会现场。

国内外大小媒体聚集在现场，将镜头和话筒对准了台上的政府代表恩伊。

恩伊信誓旦旦地道："洛普电站已经进入最后的验收阶段，下个月的神祷节，也就是十八天后，会正式投入使用。"

世界各地媒体竞相报道洛普电站的新闻。关于洛普电站的消息，出现在世界范围内各国政界、商界人士的会议桌上、电视上。

西方各国情报机关纷纷在各自指挥台前展开研讨，不同的语言只为一个共同的主题：如何破坏洛普电站验收。

在野党也没闲着，曹迪正忙着出席电视台的一档政治脱口秀节目。主持人问："曹迪先生，不知道您对洛普电站即将竣工一事有什么看法呢？"

曹迪冷笑一声："我个人及在野党全体成员不管是过去、现在还是未来，都坚决抵制洛普电站项目。这座电站根本不能解决全民照明问题，是一个骗局。"

国府办公室内，恩伊看着电视里侃侃而谈的曹迪，气得浑身发抖。

远在大洋对岸的格伦却饶有兴致地欣赏着曹迪的表演，他吩咐文职替他预订了几日后飞赴沙朗的机票。他说，好戏开始了。

03　惊雷小组

西川省国安局的局长办公室里，局长胡夏峰与副局长陈正声相对而坐，气氛凝重。

陈正声副局长道："根据部里通报的情报显示，已有其他国家的情报人员潜入沙朗，他们的目的也很明确，就是破坏洛普电站验收。"

陈正声点击下一张演示文稿："此次出手的情报人员名叫格伦，西方情报局出身，身份背景复杂，有多年从事境外活动的经历。与格伦同行的还有一男一女，经过部里同事确认，男人叫T-dog，是一名黑客，女人叫邦妮，两人都隶属于格伦情报小组。"

胡夏峰局长沉思片刻："此次行动非同小可，是部里直接指派给我们西川国安局的任务。在沙朗国混乱的政局中我们行动本就不便，现在还要加上境外反华势力的扰乱，沙朗国情报调查局已经向我们发来国际情报合作的邀请，保电人选，恐怕得你斟酌。"

陈正声道："局长放心，我心中已有合适人选，定能保证两国共同利益。"

靶场练习室内，目标一字排开。

李文俊头戴隔音耳罩，面色沉着冷静。他左手持续射击，除了最后一颗子弹偏离，其余皆命中目标。

射击过程中，李文俊的右手始终不曾抬起。

李文俊盯着右手看了一会儿，右手才缓缓拿起手枪。

他谨慎地举枪对准新换上的目标。

他深吸一口气，连开数枪，全部命中。

他露出一丝微笑，上次任务中他为保护周跃云而负伤，眼下总算完全恢复。为了照顾负伤的他，他的父亲，也就是援建沙朗电站的工程师李乐山，申请回到国内，父子俩终于有了短暂的相聚。

李文俊的手机响起，局里呼唤他报到。

下午时分，李文俊走进国安局，一路上陆续有同事和他打招呼。

看见李文俊，赵司默高兴地从位子上站起来："师父，你回来了！"

李文俊还没开口，周跃云突然冒出来，一把抱住了他。

周跃云道："队长，你终于回来了。昨天我去医院接你来着，护士告诉我你已经出院了。你怎么不提前讲一声，今天回来啊！不如这样，今晚我们去打一场'吃鸡'怎么样？司默，你来不来？"

赵司默道："哼，幼稚。"

李文俊摆摆手："我先去趟陈局长办公室，一会儿讲。"

李文俊在门外碰掉了正往陈正声办公室送文件的干警手中的文件。

李文俊俯身帮他拾起，随后推开门。

陈正声放下手里的文件，招呼进门的李文俊去沙发上坐："文俊，你先坐。"

陈正声给李文俊倒了杯茶。

"尝尝，今年的新茶。"

李文俊用左手接过茶杯，悄悄观察陈正声的反应。

陈正声问："怎么样？"

李文俊左手摸摸耳垂。

陈正声又问："你右手完全康复了吗？"

李文俊摇摇头。

陈正声道："啊？"

李文俊因为陈正声的反应笑了。

李文俊道："领导，我开玩笑的，您直接说到底是什么任务吧。是不是与洛普电站有关？"

陈正声瞪大眼睛："谁告诉你的？"

李文俊笑道："别演了，不是的话，您还会故意让我看到文件上的内容吗？"

陈正声竖起拇指："聪明。"

陈正声这才从办公桌上拿起一份档案，递给李文俊。

陈正声问："你看这个案子派谁去比较好？"

李文俊边看边回答："保密档案都给看了，我还能跑得了？"

陈正声道："这是组织对你的信任，林边厅长亲自点了你的将。"

"林边厅长？"李文俊的内心一阵热血沸腾。老厅长林边可是系统里的传奇人物，他年轻时追随过边境反特专家秦丰年，在边境一带立下赫赫战功，令敌特闻风丧胆。

林边厅长返回内地后，又办了许多大案，这些年着力培养了许多后备干部，希望事业能后继有人。副局长陈正声就是林边一手栽培的。

林边厅长简直就是李文俊的偶像，他居然能入得了偶像的法眼。

李文俊激动道："您就说多久出发吧。"

陈正声笑道："学弟，返工第一天就给你安排任务，弄得我很是过意不去啊。"

李文俊道："刚刚在门口，您已经给过我机会打退堂鼓了，我要没点心理准备，今天就会打着绷带来见您了。"

陈正声道："带上你的两个搭档，准备出发吧。"

李文俊摇摇手上的资料："这份档案，我带走了啊。"

陈正声满意地看着李文俊离开。

出发之前，胡夏峰局长给三人交代了任务。

胡夏峰局长语重心长道："资料你们已经看过了，那我就长话短说。有西方情报组织要破坏洛普电站，这座电站关系两国的共同利益。沙朗国情报调查局邀请我们以国际情报合作的名义派出支援配合力量，你们四人会以'国有能投集团海外安保小组'为掩护身份，加入国有能投派驻沙朗国的代表团中，赴沙朗开展保卫工作，行动番号'惊雷小组'。为了便于和敌人周旋，你们的身份只有沙朗当局高层和调查局合作的官员知道，你们和沙朗调查局好好配合，依托当地、协调当地，以情报工作为主。谨记，不是我们自己动手，更不准插手别国事务。"

三人齐声回答："保证完成任务！"

三人临走时，胡夏峰叫住李文俊："文俊，你留一下。"

周跃云和赵司默退出房间。

胡夏峰道："你父亲是这座电站的设计者之一，我知道这是他毕生心血。面对来犯之敌，你更要冷静谨慎啊。"

李文俊并腿立正："是！"

退出房间的周跃云在门外小声嘀咕："明明是四人小组，怎么只有我们三个？"

赵司默严肃道："只做不说，不该问的不要问！"

胡夏峰从抽屉里拿出一张照片推到李文俊面前。

胡夏峰道："我有个沙朗国当地的朋友，他早年欠我些人情，必要时可以找他帮忙。"

李文俊道："明白。"

几天后，李文俊、周跃云、赵司默三人身着西装，跟随代表团到达机场，即将飞往沙朗。

飞机起飞，在经过一段漫长的飞行后降落在沙朗国的机场。

远方天空传来"隆隆"雷声。

下了飞机，周跃云摘下眼镜看着天空。

周跃云道："快变天了。"

赵司默显得心不在焉，一个劲儿地朝前走。

周跃云喊："欸，司默，等等我，别走这么快啊。"

根据工作安排，洛普电站负责人第二天要带领代表团参观电站。

洛普电站负责人向李文俊介绍情况："从昨天起，电站开始试运行，每小时都有工程师监测和记录数据，确保电站正常运转。"

李文俊问:"沙朗国政府现在是什么态度?"

"那天曹迪的节目在电视上播出后,总统办公室有致电给我,让我方不必理会曹迪的言论,只要电站能顺利验收,政府会全力保证洛普电站和我方人员的安全。"

李文俊问:"离神祷节还有多久?"

"十天。"

李文俊又问:"电站试运行期间,有无出现过任何技术问题?"

负责人摇摇头:"一切正常。"

回到驻地酒店房间后,李文俊小组三人讨论起任务来。

赵司默打开电脑,屏幕上出现了数个隐秘的监控画面。

周跃云道:"我已经依照计划在必要位置放置了摄像头。"

赵司默道:"我还给电站网络系统安装了更高阶的防火墙,以防敌人从网络攻破。"

李文俊道:"未来十天,敌方一定会想尽办法破坏验收,我们不得不防。"

李文俊的手机收到一封匿名邮件,他打开邮件,内容显示已加密。他立即将邮件转发给赵司默。

赵司默熟练地对邮件解密读取,双手不停地敲击电脑键盘。

不一会儿,邮件内容一览无余,上面是西方特工一行三人的详细资料。

就在李文俊三人抵达的时候,格伦也抵达了沙朗。

日光之下,一辆黑色越野车停在机场门口。

卡康的手下接过格伦的行李。

卡康下车拥抱格伦:"哈哈,格伦先生,欢迎欢迎。"

这边,驻地酒店里的李文俊收到一条匿名短信:格伦与卡康已会面。

李文俊面色凝重:"明天,便是我们要过的第一关,沙朗国调查局的合作探员班泰已经和我沟通过了。"

离电站验收只有十天。

沙朗调查局年轻探员、国际情报合作官员代表班泰戴着墨镜,西装革履,站立在总统府的台阶上。

他神色凝重,明天他将有一场硬仗要打。

04　交　锋

沙朗国的日出比中国晚一些。

沙朗国政府代表恩伊今天起了个大早,他收拾妥当,梳理了胡须和头发,他将代表总统与远道而来的中方代表团会晤。李文俊与赵司默赫然在列,唯独不见了周跃云。代表团张团长并不以为忤,年轻人没准出去闲逛了。

用过早餐之后,恩伊的秘书向宾客宣布:"女士们先生们,按照安排,是时候去电站排演验收流程了。"

张团长起身道:"我方的科学专家团队也准备从驻地出发了。"

沙朗国国都的中心街道很长,两旁的东南亚建筑在太阳下发出绚丽的光。

一队轿车从东而来,驶过街道。

车队一共有五辆车,一首一尾是护队警车,最中间为中方专家代表的座驾。

车队即将驶出中心街道,在红灯即将变灯的时候,不知从哪儿钻出的一辆小车堵在前面,轿车队被迫停下。

绿灯亮，小车却没有动。警车司机不停地按喇叭。

直到绿灯倒数，小车才慢慢启动。

车队车辆依次通过路口，红灯亮，最后一辆警车被留在了灯前。

车队继续往前开。

一个老头推着垃圾车冲出马路，第一辆警车方向失控，冲出了马路。

沙朗国调查局探员班泰使用通信器："继续走，继续走，别理会。"

车队绕过警车，继续往前开。

车队进入山路，路况逐渐变得复杂，三辆轿车放慢了速度，挨得很近。

班泰从后视镜里发现，车队后跟着几辆破旧的吉普车。

车队加速，后边的车辆依旧紧追不舍。

吉普车追上车队最后一辆轿车，猛力一别，轿车被逼停，车灯闪起。

贼车仍对中方专家代表乘坐的车辆穷追不舍。

让诸贼意料不到的是，车里只有身着防弹衣、戴着墨镜的周跃云在驾车，专家代表根本不在车内。

周跃云嘴里嚼着口香糖，他拉下一半墨镜，观察后视镜里的情况："怎么跟橡皮糖似的，甩都甩不掉？"

耳机里传来赵司默的声音："胆子这么大？正面刚！调查局的直升机已经在来的路上了。"

诸人所料不错，来的正是卡康的手下。

卡康的手下从车窗侧边钻出，朝周跃云射击。

周跃云耳机里传来赵司默的提醒："注意右边。"

周跃云改变方向，避开了攻击。

另一条山路上，李文俊正在驾车，赵司默坐在副驾，通过手提电脑在线监控周跃云周围的情况，及时给出提示。

"周，你的左边……右边八点方向……"

周跃云在赵司默的帮助下，躲开了几次攻击。

吉普车内突然又钻出一个持枪男人。

周跃云慌忙埋首躲避，反光镜被打碎。

周跃云有些急了，喊："班泰准备好了没有？"

周跃云抬头，发现前方有处转弯。

耳机里传来赵司默的指令："赶到指定地点。"

周跃云道："这样躲不是办法。"

说完他便把耳机扔到副驾，一脚猛踩油门。

周跃云驾驶的轿车开始提速，朝着不远处的急转弯驶去。

轿车挡在一辆吉普车前，吉普车没有发觉前方路况异样，也跟着提速。眼看快要到达急弯，轿车突然转向减速，给吉普车让出通道。吉普车这才注意到急弯，来不及刹车，冲出了公路。

周跃云丝毫不敢懈怠："唔，还有一辆。"

周跃云重新提速，专心甩开最后一辆吉普车。

"砰——"持枪的武装分子打中了周跃云驾驶的轿车的车胎，轿车突然失控，撞上了栏杆。

吉普车见状停车。车内走下三个武装分子，他们靠近轿车，从车窗内看到驾驶位的安全气囊弹出，周跃云陷入昏迷，生死不明。一个武装分子拉开后车门，发现后排座椅上空无一人。

为首的武装分子大叫："我们上当了。"

周跃云突然从座位上暴起，拧住男人的脑袋。

剩余两人慌忙端枪准备射击。

周跃云嘴角一笑:"笨蛋,你们中计了。"

"不许动!不许动!"班泰带着调查局探员持枪把武装分子围住。

甩掉追车、包围匪徒的方案,正是班泰与李文俊商议好的得意之作。只是令班泰没想到的是,周跃云年纪轻轻,竟然如此硬气,便向周跃云竖起拇指。

班泰操着不太标准的中国话说道:"周,这就是你们说的'围魏救赵'。"

"我这叫'请君入瓮'!"周跃云表示抗议。

洛普电站外,三辆轿车停在大门口。

周跃云开着千疮百孔的轿车,停在了三辆车旁。

他走下轿车,脱下身上的防弹衣,向不远处的李文俊和赵司默挥挥手。

待他走近,赵司默呛声道:"怎么没把你撞死?"

"你舍得?"

周跃云问李文俊:"专家呢?"

李文俊指了指自己的车。就在周跃云吸引匪车的时候,李文俊已经护送专家抵达了电站。

周跃云道:"这招'声东击西'有点残酷啊!我差点就'挂'了。"

李文俊一笑,道:"别尿,拿出你'吃鸡'的劲儿来。"

电视里正在报道山路枪战的新闻。

沙朗政府代表恩伊竖起拇指:"料事如神。"

周跃云道:"恩伊先生过誉了,这本来就是我们安保组的职责所在。"

李文俊道:"这次事件虽然有惊无险,但我们仍需要搞清楚是谁主使的。"

恩伊面色深沉道:"谁搞鬼我们清楚。你们中国有句古话,叫'先下手为强'。"

05　叛军的图谋

凌晨，在电站驻地宿舍入睡的李文俊被一阵警报声吵醒。

他看看手机，四点半。

李文俊立即起身，窗外已是战火纷飞，炮声阵阵。

他赶紧打开广播，里面传来沙朗政府军与卡康的地方武装势力发生冲突的消息。

李文俊跑出房门，正好遇见周跃云、赵司默。

三人立即朝楼下移动。

李文俊问："情况怎么样？"

周跃云边移动边讲："半小时前，卡康发动了军变，现在在远处和政府军作战。听说卡康提前准备了重型武器，政府军正在奋力抵抗。"

代表团其他人也赶到楼下与三人会合。

只见一阵强光朝电站袭去。

周跃云一把抓住赵司默的肩膀，呈保护状。

一声巨响，洛普电站的一角被一颗炮弹击中。

地动山摇，整个洛普电站瞬间陷入黑暗。

翌日，卡康的地方武装势力与政府军发生冲突的新闻迅速抢占了华人媒体。主持人播报道："截至北京时间上午十点，双方已经暂停交火，卡康部逐步向西撤出。在昨夜的冲突中，一枚流弹击中中方的援建项目'洛普电站'，抢修工作正在紧急进行中……"

与此同时，沙朗国外交发言人对昨晚的恐怖袭击事件正式发表了立场："昨晚在与叛军的交火中，双方均有死伤。叛军甚至使用了重型武器，以至于误射中了洛普电站。我方已经增派保卫力量对电站进行保护，同时会全力协助中方修复电站，保证电站能如期投入使用。"

一时间，中西方媒体对此次事件一片哗然。

一阵急切的脚步声，打破了沙朗国国府会客厅的沉静。

沙朗国各部政要和中国代表团成员分别走向会客厅。

代表团张团长焦虑地看了看日历：距离电站验收只有八天。

会客厅内，双方分坐两侧，李文俊三人所在的安保小组照例坐在后面旁听。

沙朗政府代表恩伊抢先开场："电站是我们两国的共同利益，发生这种事，我方对此深表歉意。"

张团长道："我方要求立即转移包括两国工人在内的所有电站工作人员。"

恩伊面露难色："可是修复电站迫在眉睫。"

张团长道："在这种极端情况下，不论什么国籍，工人安全才是最重要的。我方首先想确保两国劳工的安全。"

恩伊道："但要立即安置所有工作人员，也并非一件易事。"

双方谈判出现分歧，令中方代表始料不及的是，早在双方见面之前，恩伊于早餐时间就已经见过另外一拨客人了。

恩伊在自己的办公室密会了一位西方国家政要。电站停摆后，这位客人登门造访，给了恩伊另外一个解决方案。

恩伊用手敲打着桌子上的方案："我会考虑你们提的事情。"

"恩伊先生，现在的形势，恐怕容不得您多想。叛军随时可能制造更极端的暴乱。"

恩伊道："离神祷节只有不到十天了，总不可能放着电站不修吧？中国方面一定不会同意的。"

"中国有技术人员，我们国家难道就没有吗？这个基建项目完不成，也会有新项目嘛。我们也是您的朋友。"

恩伊道："我们与中国交好多年……"

对方打断了他："恩伊先生，没有永恒的朋友，只有永恒的利益！"

恩伊道："可明年的大选，我必须为我的党派考虑。"

"您还不明白吗？我的身后是整个西方世界。孰轻孰重，我相信您比谁都清楚。保守党连任，不过是水到渠成之事。正如我们所知，总统阁下对您的报告，一直是很信任的。"

恩伊的脸色一时间千变万化，西方政要代表静静地欣赏他的表情。

说得对极了，只有永恒的利益！恩伊的思绪回到与中方谈判的会客厅内。

恩伊咬咬牙，做出一个决定："鉴于现在是特殊时期，沙朗国政府会暂时接手电站事务，指挥现场人员进行电站维修工程。"

恩伊打了两声响指，一群黑衣人随即推门而入。中国代表团一时间竟不知如何反应。

"这胖子什么意思？"

李文俊按住一旁暴跳如雷的周跃云，小声说道："不急。"

恩伊道："这几天就请大家在酒店好好休息。为了安全起见，这段时间内我们调查局的同事会对中国代表团进行陪同看护，特别是后面那三位安保人员。请各位不要介意。"

班泰看着李文俊，无奈地耸耸肩。

所谓陪同看护，业内人都知道，实际就是限制人身自由，好在班泰给三人安排的酒店还不错。

赵司默推开房间门，目光便与门口走来走去的几个黑衣人相接。她气得退回房间："两个房间门外都有两个人，楼梯口还有三个人。"

班泰推门进来。

李文俊问："泰，恩伊搞什么鬼？"

班泰道："我已经报告调查局局长，经过我们调查发现，恩伊私下见过西方国家的政要。"

李文俊奇道："有人策反了他？"

班泰用蹩脚的中文道："恩伊很受高层喜欢，他'龟兔赛跑'善于摇摆。"

李文俊哭笑不得道："那不叫'龟兔赛跑'，中国话里可以叫'首鼠两端'！我们还能继续合作吗？"

班泰一拍胸口："当然！调查局局长只对国家负责，要是恩伊背叛，我第一个踢爆他。"

李文俊看着班泰，目光灼灼："我们需要你的帮助。"

班泰指了指窗户："我已获得局长授权，解除对你们的限制。"

周跃云讶道："你又扯犊子，都解除限制了，还从窗户走？"

班泰干咳两声："现在还不是调查局公开和恩伊翻脸的时候，恩伊盯着呢。我会在车库等你们，我们去查清整件事。"

李文俊道："司默留在酒店，我们去电站看看情况，有什么事情咱们线上联系。"

李、周二人从房间窗户翻出去，踩着空调外机和墙壁外沿朝另一边移动。周跃云利用特制工具撬开楼梯间的外层玻璃，两人翻进安全通道。

二人顺利来到车库，钻进一辆汽车。周跃云发动了汽车，驶离车库。

班泰在后座伸了伸懒腰。

班泰道："和中国的同行合作，真是'既生瑜又生亮'，不错。"

周跃云道："我只求你一事。"

班泰道："什么？"

"求你好好学一下成语！"

06　线索碎片

三人很快就到了电站。

电站负责人和技术人员都集中在操作间内。

操作台前，一个女技术员正在手忙脚乱地操作机器。

李、周二人走进操作间。

李文俊问："现在情况怎么样？"

女技术员说："核心系统应该是被炸弹炸坏了。"

周跃云道："你别'好像'啊，你是专业的！到底能修不能修？你得给大家个准话啊。"

女技术员吞吞吐吐道："我……一直都是老师带着我操作，我之前没遇到过这种情况。"

李文俊问："意思是没法修吗？"

电站负责人摇摇头："昨晚那颗炸弹很特别，直接破坏了核心系统。另外，总工程师王教授也受伤了。"

李文俊问："伤势如何？"

女技术员带着哭腔："昨晚手术做了三个多小时，才把老师抢救过来，现在还在重症监护室昏迷中。"

电站负责人叹口气道:"凭沙朗国目前的医疗条件,没法进行进一步的治疗,必须马上把王教授送回国才行。"

李周二人面面相觑。

李文俊沉声道:"我想去看看被炸毁的地方。"

电站被炸处已经拉起了警戒线,破损的机械碎片散落一地。

李文俊拉开警戒线,径直走进被炸毁的区域。

李文俊仔细地勘查现场的环境。

蓦地,李文俊脑海里闪过前几天卡康和格伦见面的画面。

他的脸色变得很难看,他不动声色地从怀中掏出一张手帕,包起了一些碎片带走。

班泰问:"周,他要做什么?"

周跃云小声道:"他在找东西。"

回城路上,李文俊一直在看手帕上的碎片。

周跃云一头雾水:"这些碎片,有什么特别的地方吗?"

李文俊道:"事情很麻烦。"

周跃云道:"怎么讲?"

李文俊道:"这是专门针对电子系统进行破坏的脉冲弹,产自美国一处特别的军工商。这东西出入境限制很多,是怎么进到沙朗来的?"

周跃云奇道:"脉冲弹?"

李文俊道:"脉冲弹是现代高科技战争的产物,击中目标后,释放脉冲波,能破坏电子系统,令敌人的指挥通信瘫痪,西方国家在两次远程战争中使用过这种武器。"

周跃云道:"坏了,卡康昨晚这出戏,目的是为了破坏洛普电站的验收。"

车内的气氛瞬间变得凝重起来。

李文俊道:"跃云,你先回酒店和司默会合,联系国内尽快接回王教授。"

周跃云道:"你不跟我回去?"

李文俊转头向班泰问道:"泰,我需要单独去见位朋友,可以吗?"

班泰道:"情报工作的规则我懂,在合作范围内,你有这个授权。我们随时可以提供帮助。"

李文俊道:"和沙朗的同行合作,不错。"

和班泰分开后,李文俊径直去了沙朗国府大街背后的一条小街道,街道的尽头是有名的"天灯俱乐部"。

李文俊推开酒吧的大门,门上的铃铛"叮叮"作响。

酒吧昏暗,只见一个男人在吧台忙碌。

男人说道:"欢迎。"

李文俊谨慎地观察周围环境,酒吧里只有一个醉汉在桌边抱着酒瓶胡言乱语。

李文俊坐到吧台边。

男人问:"喝点什么?"

李文俊道:"随便。"

男人递过一杯鸡尾酒:"本人特调。"

李文俊漫不经心地点点头道:"你是老板?"

男人道:"老板会给你调酒吗?"

李文俊指着男人手上的贵重戒指,道:"戴着这东西调酒,当心打碎玻璃杯。"

男人被识破身份,抬起头,他正是黑市里让人头疼的混世魔王——艾桦。

艾桦问："中国人？"

李文俊道："我有一个大哥和你是旧识。"

艾桦道："谁？"

李文俊比了一个手枪的动作。

胡夏峰局长在出发前告知李文俊，他有一个沙朗国的朋友，必要时可以提供帮助，这个朋友原来是艾桦。

艾桦的眼睛瞪得大大的，他叹了口气，道："老胡真是够了！得，我欠他些人情。说吧，你要打听些什么消息？我这里什么都有。"

李文俊递过手帕里的炸弹碎片。

艾桦擦擦手，拿起一块碎片。

李文俊道："我想知道是谁在卖，怎么进来的。"

艾桦仔细端详碎片："看不出来，进口玩具？"

随即他把碎片放回去，若有所思。

李文俊观察他的反应，试探道："能查吗？"

艾桦道："跟我来吧，你是老胡的朋友，我怎么都要试试的。我知道有个人专门做这买卖，他叫察克。"

李文俊跟着艾桦穿梭于街巷，四处打探军火贩子察克的消息。

与艾桦攀谈的人皆称不知察克下落。

一个马仔不知什么时候跟在了他们身后。

两人走到那日赫洛交换军刀的摊子前，艾桦用当地语言与摊主攀谈。隔壁摊位上的两三个人在吵架。摊主叫乌瑞，是个贼头鼠脑的精明人。

艾桦喊："乌瑞，最近生意怎么样？"

乌瑞道:"不算太坏,艾桦,你想问什么?"

艾桦问:"察克最近在忙些什么?"

艾桦边说边从兜里掏了点钱扔给乌瑞。

乌瑞警惕地看了李文俊一眼,李文俊下意识地拉低帽檐。

艾桦也回头看了李文俊一眼:"我的新客户,日本来的,听说察克手里来了些新货,想瞧瞧,麻烦你安排我们跟他见个面。"

乌瑞一脸狐疑:"艾桦,难道你的货不能满足这位先生吗?"

艾桦一摊手:"我的货,威力不够,这位先生想要一些硬货。"

远处的马仔只能观察到三人的动作。

隔壁摊位的吵架声愈来愈大。

乌瑞的脸色一变:"什么新货色,我不知道。"

艾桦脸上嬉皮笑脸的表情瞬间消失,他一把抓住乌瑞:"乌瑞,你不要跟我装傻!察克最近在搞什么鬼我清楚得很,他要卖什么、卖给谁我没兴趣,可他要扰乱市场,那就别怪我不客气。我现在再给你个机会,察克在哪儿?"

艾桦的枪顶在乌瑞腰间。

李文俊见状,准备出手制止艾桦。

乌瑞紧张地说:"艾桦,我真的不知道察克最近在做什么,我也很久没有见到……"

话还未说完,隔壁摊位的人打起来,被打的一人猛地向后退,撞到两人,乌瑞和艾桦向另一边倒下去,艾桦手中的枪走火打响。

"砰——"周围人群一片混乱。

"艾桦,我看是你想抢地盘吧。"乌瑞和艾桦扭打在一起。

远处的马仔见状,立即逃离了现场。

艾桦向李文俊使个眼色,李文俊跟上了马仔。

马仔在小巷间穿梭,终于在菜市场后巷的一扇小门前停下,他一边观察周围一边不停地敲门。

李文俊躲在不远处看着这一切。

一脸粗犷的军火贩子察克叼着烟从里面探出头来,粗暴地推了马仔一把。

察克呵斥道:"我不是说了最近别来找我吗?"

马仔抹了一把脸上的汗水:"艾桦和一个东亚人在到处找你。"

察克浓密的眉毛一抬:"找我干什么?"

马仔道:"不知道。"

忽然,有人从身后拍了拍李文俊:"嘿!你在这儿做什么?"

另外两个马仔走过来发现了李文俊。

察克被惊动了,他大喊:"拿下他!"

马仔袭击李文俊,李文俊被迫自卫还击。

李文俊后手肘向其中一个马仔的面门而去,以摆脱马仔的钳制。

察克立马关门逃走,李文俊追了上去,还没碰到门,就被门前的马仔死死抱住。

正当李文俊面对三个马仔无法脱身时,艾桦赶到,他一脚踢倒一个马仔。

艾桦问:"人呢?"

李文俊道:"跑了。"

"追。"

艾桦与李文俊开门追击察克。他们打开门,里面是一家乌烟瘴气的赌场。两人穿过赌场来到混乱的菜市场,察克早已不见踪影。

察克跑回家,关上门才松了口气。

家里的氛围有些诡异,他本能地察觉到不太对劲。察克紧张起来,咽下一口口水,慌乱地从抽屉里摸出一把手枪,上膛。

察克朝卧室缓慢走去。

突然,一名黑衣人从卧室跃出。

察克大惊:"我什么都没说!卡康还是不放过我!"

黑衣人两拳将察克放倒,从后面勒住察克的脖子,察克渐渐没有了呼吸。

屋外传来李文俊二人追来的声响,黑衣人闻声而逃,察克软倒在地。

等察克醒转,他面前站着提着水桶的艾桦,察克是被艾桦用水浇醒的。

察克有气无力地坐在椅子上,刚捡回性命的他,惊魂未定。艾桦和李文俊相对他而站。

艾桦问:"这种脉冲弹怎么进来的?"

察克道:"什么怎么进来的?所有武器一直都是那条路啊。"

艾桦恶狠狠地看着他:"我不想重复我的问题。"

察克道:"我不是回答你了吗?你有病吗?"

艾桦抓住察克的头发看着他:"察克,你很清楚我问的不是那条路。我希望你这次能好好回答我的问题。"

察克大喊:"我不知道!你知道的,我只卖枪,我不知道炸弹哪儿来的!"

艾桦站起身:"哦,这样吗?你要想清楚哦。"

艾桦把枪对准了察克的脑袋,察克脸上的汗流了下来。

李文俊按下艾桦的枪,制止了艾桦。

艾桦微笑:"你想清楚,刚刚是谁要杀你,又是谁救了你,我艾桦的名头可不是白混的!"

察克沉吟半响:"是卡康,他和一个西方军火商主动找上我的。我只负责给他们搭线而已,其他的我真的什么都不知道。"

艾桦笑了,道:"非要像挤牙膏一样才有意思?你说,我把你交给刚刚的杀手怎么样?"

察克脸色惨白,大叫:"女脚夫,女脚夫。炸弹是女脚夫从边境背进来的。"

"接着说。"

察克开始回忆。

那天的赌场里人声鼎沸,察克沉浸在赌局当中,他面前的筹码已经堆成了小山。

察克的手机响起来,他不耐烦地将手机夹在耳朵和肩膀之间。

电话那头是一名男子的声音:"察克先生,我是情报局的特工格伦,我这儿有笔生意想跟你谈谈。"

察克听了几句便扔下牌和筹码,站起身离开了。

他的马仔叫他,他也不理。

察克驱车到了黑市,径直走进一条小路,在小路尽头的私密茶座里,地方武装势力头目卡康、格伦的助手邦妮在等着他。

邦妮把左手伸向卡康,把右手伸向察克,三人四手相握:

"合作愉快。"

按照卡康的指示，察克于第二日领着一群女脚夫从边境穿过。"边境线并非每处都是高网耸立，总会有年久失修、无人照看到的地方。"

察克等人跟着地图沿着边境网一直走，走到一处叫岩坡的地方时，发现此处电网出现破损，众人顺利通过，继续前进。

察克记起了卡康的指示："执勤人员在凌晨三点时会有一次交班……"

他们小心翼翼地入境，躲在远处，观察着值班室的一举一动。

"说是三点钟，但是这个点的执勤兵常常会在两点五十前往下一个执勤点，这意味着你们有十分钟的时间通过。"

众人穿过最后一片树林，卡康和手下早已等候多时。

卸完货，卡康目光一寒。

"杀掉这些人，包括他！"

卡康令人将察克和女脚夫全部杀死。

察克大惊，连滚带爬掉下山坡，侥幸避开了卡康的追杀。

察克的思绪拉回了现实，他垂头丧气道："我只知道这么多。"

李文俊想起什么，翻出手机上格伦三人的照片给察克指认："是他们吗？"

察克道："是，上边这个女人，她说她是那个军火商的代理人。"

李文俊和艾桦交换了一个眼神。

艾桦忽然冒出一句："察克，路线图在哪儿？"

察克道："我不知道，我没有路线图。路是卡康安排的。"

艾桦道："但人是你领进来的。"

察克道："艾桦，你放了我吧，我真的没有路线图。"

艾桦道："放你？难道你认为自己还有活路？马上所有人都会知道你走私炸弹给卡康的事，政府调查局很快就会找到你家里来。"

门外，嘈杂的人声越来越近。

艾桦冷笑："你听，比我想象中还要快呢。"

察克脸色逐渐泛白。

艾桦道："我听说你老婆正在医院待产是吧？"

察克乞求道："艾桦，求求你给我老婆一条活路吧。"

听到此处，李文俊有些忍不下去了，想出手制止艾桦。

没想到艾桦将枪口指向李文俊，眼睛却始终盯着察克："待在那儿别动。"

李文俊捏紧了拳头。艾桦继续向察克说道："当然，只要你把路线图给我，我就安排你老婆出国，怎么样？"

门外有人在大喊大叫、捶门。察克脸上汗涔涔的。

艾桦喊："快，时间可不多了！"

察克自知大势已去："在厨房。"

艾桦用眼神示意李文俊，三人迅速朝厨房移动。

察克将厨房地上的一块地砖搬开，取出了路线图。

艾桦揣好路线图，一脚踢倒察克："快滚，我后面会再联系你。"

李文俊的脸色极为难看，这人不愧是"混世魔王"啊。

这时军火贩子们已破门而入，两人只得从窗户跃出。

二人一路跑回天灯俱乐部，喘着粗气坐在门口台阶上，艾桦手里还紧紧握着枪。

李文俊一把揪住艾桦的衣领:"喂,你太过分了。"

艾桦笑出声来:"我没听错吧?过分?不过分的话,在这个地方,根本没法生存。"

李文俊趁艾桦不注意,夺下对方的手枪,指着他。

李文俊道:"把路线图给我。"

艾桦倒是一脸坦然:"你拿消息,我拿路线图,很合算的。我是做生意的,可不是做善事的。"

李文俊道:"拿走私路线图,你想取代察克,我不能看着你在沙朗境内从事违法活动!"

艾桦大声道:"狗拿耗子!我冒着得罪沙朗国所有军火商的风险,亲自下场帮你拿到消息!我是欠了胡夏峰的人情才帮你,你是什么身份我连问都没问一句!你到现在不仅没有一句谢谢,还用枪指着我!我是军火商啊,我挣钱天经地义!你不懂就别出来!来啊,有种就开枪啊!"

二人僵持了很久。

李文俊道:"对不起,我欠你句谢谢。"

艾桦按下李文俊持枪的手,道:"算了,你这人,和当年的胡夏峰一样的脾气,我欠他的人情还了,告诉他以后别找我。"

艾桦起身走了,李文俊看着他的背影,出了一会儿神。

07　双　雄

电站停摆后,就像是一头巨兽陷入沉睡。

安静的夜里只剩下水流冲刷堤坝的声音。

李文俊辗转反侧,无法入睡。

李文俊从钱包里掏出一张照片,照片上是小时候的他和父亲李乐山在堆沙堡。

李文俊给父亲李乐山发去一条信息:山哥,最近身体怎么样?别担心,你设计的电站我会保住。

李乐山回信息:保不住就别回来。

李文俊笑了。

不眠人并非只有李文俊一个。在天灯俱乐部的天台上,伊扎和艾桦在喝酒。两人面前已有一堆啤酒罐子。

伊扎很是兴奋,说:"老大,你敢相信吗?下周洛普电站就竣工了,到时候这里所有的灯都会亮起来。"

艾桦听到洛普电站,心里更觉烦躁,他仰头喝完最后一口啤酒,将空罐掷出,打倒其他罐子。

伊扎道:"老大,你心情不好?"

艾桦没搭腔，过了一会儿他才说："伊扎，电站被误炸，停工了，你希望它修好吗？"

伊扎道："当然了，全国都能亮起来，全国呀！以后我弟弟再也不用打着电筒学习了。"

艾桦沉默了一会儿，道："伊扎，你说，我该继续帮那个中国人吗？"

伊扎道："不帮。"

艾桦呛了一口酒："真的？"

伊扎道："假的。"

艾桦露出一个无语的表情。

伊扎道："你看，明明你自己就想帮人家。"

艾桦道："我才不想帮他，又没有好处。"

伊扎道："怎么没有？要是你爸爸知道你帮了中国人的大忙，应该会很高兴吧。"

艾桦沉声道："我爸？他会开心吗？"

艾桦陷入回忆之中，当年的可怕记忆历历在目。

他的父亲艾承是沙朗政府对华友好交流部的官员，年轻的时候曾在中国留学念书，对中国有着极深的情感。艾桦的母亲就是中国人。

父亲艾承的声音回荡在艾桦脑中："艾桦，躲进去，快躲进去。一定不要发出声音，知道吗？"

小艾桦拼命点头。艾承把小艾桦藏好，出去和妻子会合。

门外响起枪声。恐怖分子开枪打死了艾承夫妇。

小艾桦捂着嘴躲在衣柜里哭。

收回思绪，艾桦长长吐出一口烟，喃喃道："现在的卡康，和恐怖分子有什么分别？早知道当年就不救他了。"

远在中国西川的国家安全局技术科内，女警罗珊珊正在进行大数据分析。

局长胡夏峰走了进来："怎么样？"

罗珊珊道："脉冲弹型号确定，格伦等人航班记录确定……"

胡夏峰道："不错，不愧是局里第一技术高手。"

罗珊珊笑道："别，赵司默这后浪已经快把我拍死在沙滩上了。"

胡夏峰道："以后好好带一下你赵司默师妹。"

罗珊珊道："对了，当年英国军情五处开展过一次斩首行动，目标对象是卡康，当地的军火贩子艾桦救过他一命。"

胡夏峰沉吟半晌："通知李文俊，利用掌握的情报，对敌人开展谋略工作。"

罗珊珊道："是！"

沙朗国国府大楼里，一块不大的数字屏显示：距离电站验收还有七天。

恩伊正在悠闲地看报纸。

班泰不顾阻拦，冲了进来。

恩伊抬了抬眼镜："警长，你没有权限进入这里。"

"啪"，班泰把一个牛皮信封甩到了恩伊的桌上。

班泰道："我代表调查局给你出示这些证据。"

牛皮信封打开，里面是脉冲弹型号、走私路线、卡康的车辆在机场接格伦的照片等。

班泰耳机里接收着李文俊的声音："既然恩伊喜欢摇摆，泰，你就让他好好认清形势。对付这种人，中国有句话叫：既团结又斗争。"

恩伊冷汗涔涔，不住用手帕擦拭汗水，掩饰紧张。

班泰一字字道："恩伊，搞清楚你的立场，赶紧摇摆回来！关键时期，总统阁下已经给我们调查局授予了多项特别权力，包括弹劾你。"

恩伊道："很抱歉，前几天我的一些行为有失妥当，但我想澄清的是，在此之前，我对西方特工的行为一无所知，我没想到他们会怂恿卡康发起暴动。"

班泰道："作为政府代表，你知道该怎么表态了？"

恩伊道："知道。"

班泰道："还不做？"

恩伊立即解除了之前的限制令，请求中方代表团再次商议电站修复事宜。

在谈判桌上，恩伊义正词严道："沙朗国绝对不会因为西方情报机构卑鄙的行为而就此妥协，更没有背弃中国的想法。请各位放心，沙朗国坚决维护两国共同利益，会尽全力保护洛普电站以及两国工人的安全。"

中方代表张团长道："恩伊先生，我们相信您。"

恩伊又道："可是，眼下还有个问题。我听说洛普电站的总工程师还未苏醒，这势必会延误修复工作。或许，中国方面能再派一位专家前来主持大局，指导维修吗？我们依然希望电站能按时验收。"

中方代表面面相觑。

张团长道:"这,恐怕有些强人所难了吧。"

恩伊道:"我们承诺会为专家提供最严密的保护。代表先生,我很明白你们现在的顾虑是什么。我已经向总统阁下汇报过了,我现在正式向中方保证,现在整体战局可控,我们将迅速解决卡康的地方武装。只要最后三天电站竣工启动,实现沙朗国全域电能覆盖,赢得最高民调,卡康背后的反对党势力就将彻底失败。"

张团长道:"我们会立即向领导反映你们的要求。"

沙朗国的请示传回了国内。会议室内,能投集团党委立刻与中国代表团进行视频会议。

能投集团党委传达了决定:"根据中央决定,同意沙朗国的提议,即刻派出一名顶级电站技术专家前往沙朗国指导电站的修复工作。"

张团长问:"是李乐山教授吗?"

"不,李乐山教授心脏病发住院了,这一次派出的专家,是宋北。"

李文俊率领惊雷小组三人面对电脑站立。

远程视频里是胡夏峰局长:"国际层面已经正式定性卡康为极端分子,沙朗国与我国达成共同反极端、反恐怖犯罪活动协定,沙朗调查局要求我们加深合作。现授权惊雷小组搜集卡康的情报,配合正面处置卡康。艾桦十年前对卡康有过救命之恩,尝试说服他,利用他得天独厚的身份,最好是打入敌人内部,粉碎敌人的阴谋!"

李文俊正色道:"是,惊雷小组接受任务。"

胡夏峰道:"局里最精锐的野火组会在境内配合你们。"

三人朝画面中的胡夏峰、陈正声敬了一个极标准的礼。

远程视频会结束后,李文俊苦笑道:"又要和这个混世魔王打交道了。"

08　山口家

酒吧内笙歌鼎沸，好不热闹。

一个灰头土脸的眼镜男推门进了酒吧，坐在吧台边上。

此人正是乔装打扮过的李文俊。

今晚吧台的酒保是伊扎。

李文俊用手关节敲敲桌子。

伊扎问："先生，您需要什么？"

李文俊道："一杯特调。"

伊扎道："啊，那个只有我们老板才能做，您稍等。"

伊扎回过头，扯着嗓子喊："老板，这里有个客人要一杯特调。"

不远处正在和客人们插科打诨的艾桦向吧台这边看了一眼。

看到李文俊时，艾桦愣了一下。

艾桦应付了客人两句便过来替下伊扎。

艾桦递过酒，极小声地说："这里不欢迎你。"

李文俊道："开门做生意，至于这么紧张？"

那边又有客人在招呼艾桦，艾桦走之前不忘交代李文俊：

"我再说一遍,我不想招呼你。"

李文俊一把拉住他:"我想请你帮忙。"

艾桦一摊手:"我好像说过,我已经不欠老胡人情,我和他的事已经了了。"

李文俊道:"可我俩的事,还没了。"

艾桦道:"你们中国人都这么无赖?"

李文俊目光灼灼,道:"人和人之间有磁场,我相信你。"

"别,我是生意人。我有什么好处?"

李文俊挠头:"我会很感谢你。"

艾桦轻蔑地笑:"一句谢谢有什么用,我要实际的东西。"

"你想要什么?"

艾桦顿了一顿:"我要你保证,洛普电站一定会如期竣工。"

李文俊盯着艾桦看了几秒钟:"好。"

驻地宿舍里,周跃云和赵司默也没闲着。

两人正忙着应对黑客对中国某研究院防火墙的攻击。

网络攻击来自格伦团伙——黑客T-dog正聚精会神地坐在电脑前敲击出无数病毒代码,企图黑进研究院的网络。

两个小时下来,T-dog的攻击未果,总是在快要成功时被防火墙拦截。

设置一道道防火墙的正是赵司默。

赵司默在高度紧张的状态下已经持续拦截了几个小时,此刻热得满脸通红。

周跃云端起桌上的杯子:"奶茶都凉了,我去给你重泡一杯。"

卡康秘密藏身处内，卡康正与手下阿卡曼达商量事情。阿卡曼达是个深沉、高挑、凶狠、冰冷的金发女人。女人狠起来，比男人厉害多了。

一个马仔进来通报："老大，外面有人传消息，天灯俱乐部的老板想见你。"

卡康稍加思忖后道："带过来。"

卡康说的"带过来"，就是"带"着过来的意思，所以几名粗壮的大汉跳了出来，给艾桦罩上了头套，将他塞进了车里。

艾桦只觉眼前一片漆黑，然后就听见了车辆发动的声音。

艾桦想起之前和李文俊见面，两人迅速达成了一致。艾桦问李文俊："说吧，要我怎么帮？"

李文俊道："我要你去接近卡康。"

车辆沿着山路行驶，不多时，车停下，艾桦被押下车，卡康手下在搜完身后，领着他进去。

艾桦被领着坐下后，才得以脱离头套。

卡康和阿卡曼达审视着他的一举一动。

艾桦反倒一脸的无所谓，大大方方地打量着房间里的一切。

他甚至大胆地上前去摆弄写着东西的白板。

卡康先开口："老朋友艾桦，你想做什么？"

艾桦道："卡康，最近我手上有一批日本来的军警装备，不知道你有没有兴趣？"

阿卡曼达道："我们集团，最近好像没有这个需求吧？"

艾桦道："此言差矣，这批货可是日本的最新科技，里面有很多装备，可以大大增加你们部队的联动性和统一性，可以说完全是为大型暴动行动量身定做的。"

阿卡曼达冷傲道:"艾桦先生,恐怕你找错买家了吧。你难道不该把军警设备卖给政府吗?"

"装傻可就没意思了,察克可是把所有事情都告诉我了。"

卡康的脸色一变。

艾桦坐到了椅子上:"说明白点就是,我也想分一块蛋糕。"

阿卡曼达道:"这块蛋糕可不小,我怕你喉咙小了,被噎死。"

艾桦道:"如果是以国内最大的军火供应商这个身份入局,不知道够不够格呢?"

卡康笑了起来:"原来是要谈合作,那你想从我这里得到什么?"

艾桦严肃道:"如果你上台,以后沙朗国所有的军事武器都由我供应。"

卡康道:"你胃口倒不小嘛。"

艾桦一耸肩:"说清楚想要的,你对我不就更放心了吗?你可别忘了,当年我对你可有救命之恩。"

卡康笑道:"老朋友,那些恩情早就还了。"

艾桦道:"未来的合作,情谊还要继续才是。"

阿卡曼达插嘴道:"不过我怎么听说,前几天你大闹黑市,你的同行人,是中国面孔。艾桦,你不会是亲中分子吧?"

艾桦大笑:"哦,你说的那位,是山口先生吧。不过你错了,他不是中国人,他是我在日本的合作伙伴,军警设备就是他的货。"

阿卡曼达道:"我不信。"

艾桦伸出手:"不如这样吧,今晚我做东,大家正好见个面,详细聊聊合作计划怎么样?"

阿卡曼达看了看卡康,等卡康拿主意。

以前艾桦救过他一命,如今诚意满满而来,可以试一试。卡康思忖片刻后，点头同意。

艾桦道："山口先生做生意特别谨慎，我好不容易才说服他，拿到这次合作机会。卡康先生，一会儿哪些该说哪些不该说，你可千万想好啊。"

谁是山口先生？

驻地宿舍内，李文俊和赵司默正看着周跃云。

周跃云瞪大了眼："我？可我不会说日语啊。"

赵司默道："说英语，英语……"

李文俊道："就算你会说，就凭卡康的文化水平，他也听不懂你讲的东西。"

周跃云道："好吧，可是，为什么不直接抓他？"

李文俊严肃起来："卡康的势力比我们想的复杂得多，谁是幕后支持者到现在还没找到证据，而且若不能寻找最佳时机一网打尽，打散后反而会出现更多大大小小的亡命武装头目，并不利于沙朗国的稳定。"

李文俊的手机响起："泰，嗯，好的。感谢你们的信任。"

李文俊挂了电话："说好了，按既定方案实施。"

周跃云、赵司默道："是！"

李文俊交代："卡康生性急躁，你要先吊他胃口，打乱他的节奏。"

在一处秘密聚会点内，周跃云摇身一变，成了日本军火商人山口健。

他刚落座，卡康便急不可耐地开口道："山口先生，我听说……"

周跃云直接截断卡康的话:"卡康先生,私人谈话,这里这么多人,不合适吧?"

卡康立即挥手让房间里的马仔出去。

周跃云想起李文俊临行的交代:"阿卡曼达可以说就是卡康的大脑,必须先把她支开。"

周跃云盯着阿卡曼达:"这位小姐……"

艾桦道:"山口先生,阿卡曼达是自己人,没事的。"

周跃云不搭腔,而是端起了自己面前的茶。

阿卡曼达正欲发作。

卡康道:"阿卡曼达,没事,你先出去,让我们三个先聊聊。"

阿卡曼达阴沉着脸退出了包间。

周跃云喝下一口茶,掩饰嘴角的笑意。

艾桦道:"山口先生的家族是日本第二大军警设备制造商,关西方面很多高科技的武器,都是他们公司制造的。"

周跃云一手握住另一只手,递出名片。

卡康立刻拿着名片研究起来,想找出其中的漏洞。

他看着名片上的头衔:"原来山口先生不是主事人啊?"

周跃云道:"现在会社由我大哥经营,我负责的是亚太地区的代理事宜。"

卡康阴沉一笑:"亚太地区代理?太好了,我正好认识贵社的一位宿老。"

卡康抓起电话,艾桦和周跃云神色复杂。

电话拨出,信号穿过层层云朵,跨过大洋大陆,落到日本一家料理店的包间内。

一名身着日式服装的老人正在喝茶。

老人接起电话:"是我。卡康,你还没死?"

卡康在电话那头道:"加藤先生,我正和一位您可能认识的年轻人在一起。您听听他声音,能不能猜到是谁?"

卡康把电话扩音器打开,目露凶光,一手按住枪柄,一手把电话递了过去。

艾桦正要说话,被卡康按住。

卡康一扬手机,示意周跃云说话。

周跃云顿了一顿,用日语道:"加藤先生,是我。"

气氛紧张到了极点。

安静了几秒后,电话那头的加藤老人终于回话。

加藤道:"山口健君,别来无恙,你与你哥哥的武器生意越做越大啦。"

卡康大笑起来。

周跃云道:"我们日本人做生意,一向以谨慎为先,没想到卡康先生比我还谨慎。"

卡康道:"我还想知道……"

艾桦瞪着卡康:"够了,别合作了!你不信我!"

卡康笑道:"既然是艾桦介绍的,我肯定是相信的,但咱们毕竟是初次见面,我自然想多了解一下。"

周跃云冷冷道:"不合作也行的。现在是卡康先生缺军火,我们是贸易的强势方。"

卡康一脸错愕。

艾桦慌忙打起了圆场:"大家给我个面子,刚刚的事,就当是个插曲。"

日本料理店内,加藤老人放下筷子,抬头看了一眼桌子对面的两个年轻人。

对面正是西川国家安全局野火组的便衣干警霍敏、胡飞将。

加藤老人道:"出动了野火组,看来这次任务动静不小。"

霍敏道:"谢谢加藤先生配合。"

周跃云险险过关,谈判继续推进。

周跃云道:"卡康先生,恕我冒昧,想先问一句,您这次政变,有几成把握?恐怕您自己都说不准吧!本来呢,我以为您的政变是十拿九稳的事情,所以艾桦提合作,我一口就答应了下来。可今天我收到的最新消息是,沙朗政府准备调动大规模军队来围剿卡康集团,这可就让我有些犹豫呢。"

卡康道:"山口先生,您是在担心我如果兵变失败,没钱付账吗?如果是这样,那您放心,就算仗打输了,该给的钱我一分也不会少。"

周跃云道:"不是钱的事。我明说吧,如果您政变成功了,成了沙朗的新主人,那我们的合作是锦上添花;可您要是失败了,那我们山口家族得罪的,可不光是沙朗政府,还有中国政府。"

卡康道:"原来山口先生是担心这个,那么大可不必。我实话跟您讲吧,卡康集团取代现在的政府是势在必得的事情。在野党党首曹迪早已向我投诚,一直在暗中帮助我们掌握军队的动向。沙朗政府如今不过是个空架子。况且,西方代表格伦,也已经向我承诺,只要我把洛普电站项目搞砸,弃绝中国,整个西方世界都会欢迎我,您还有什么可担心的呢?"

格伦?艾桦与周跃云暗中交换眼神。

最终,周跃云伸出手:"成交。"

面对面的斗争告一段落，网络的攻防还在继续。

格伦团队的黑客T-dog脸上露出神秘莫测的微笑，他拿出一个U盘插上电脑，又开始操作界面。T-dog使用了U盘里的新型病毒以后，逐渐在这场网络战斗中占了上风。他的目标，是拿到中国派往沙朗抢修专家的秘密资料。

赵司默在T-dog的强力攻击下节节败退，部署的防火墙节节崩溃。

失守的前一刻，她在研究院服务器的海量资料中寻找着什么。

终于，她的鼠标停在了某个名为"北"的秘密文件前，她将文件转移进了自己的电脑。

在完成操作后的一瞬间，防火墙被攻破了！

赵司默松了一口气："总算保住了。"

T-dog满意地看着自己的杰作。

然而，当他翻遍整个资料库时，却只见"北"的论文资料，不见"北"的个人信息。

格伦出现在他的身后，旁边还站着卡康众人，艾桦也赫然在列。

T-dog说："在我黑进资料库以前，有人提前把我们要的东西转移了，现在除了知道这个来修电站的中国专家叫'北'，在国际上发表过几篇优秀论文以外，没有其他任何有用信息。"

卡康道："连长什么样都不知道，那怎么动手？"

阿卡曼达道："中国方面猜到我们要下手，肯定会把这个专家藏得严严实实。"

格伦道："我看倒不一定。曹迪说，'北'的安全是由中国代表团的安保组直接负责，那他们手里一定有'北'的资料。或许拿到安保小组的电脑，我们就能知道'北'的信息。"

艾桦抬抬手："我去吧。"

众人注目艾桦。

艾桦笑道："你们不是不信任我吗？要是我拿到资料，自然就知道我站在哪边啊。"

阿卡曼达道："好，艾桦，那就由你去拿电脑，邦妮跟你一起，也好有个照应。"

艾桦和邦妮驱车来到中国代表团下榻的酒店。

邦妮道："我去拿电脑，你在这里接应我。"

邦妮打扮成清洁阿姨的模样，推着工具车出现在酒店走廊里。

赵司默刚准备洗个脸，门外就有人按铃。

赵司默问："谁呀？"

门外传来轻声回应："打扫卫生。"

赵司默开了门就进了厕所。

赵司默道："不用打扫地板，帮我把床单换一下就好。"

"好的，女士。"

邦妮一边敷衍，一边观察房间，她一眼就注意到书桌上亮着的电脑。

邦妮拿着新床单朝书桌移动。

"我房间里的矿泉水也没了，麻烦帮我多拿两瓶过来。"

邦妮道："好的，好的。"

邦妮见赵司默还在厕所里，她一把丢开床单，合上电脑便准备直接带走。

她一转身，便被赵司默一脚踢中，退后两步撞到了办公桌。

赵司默道："早就看你不对劲了。"

二人打了起来，几招下来，邦妮明显疲于应对。

邦妮想走，赵司默一把抓住电脑的一边。邦妮借力一推，将赵司默推倒在地，她趁机跑出房间。

李文俊、班泰听到动静赶来，邦妮一蹬，工具车挡住李文俊，她带着电脑冲下了楼。

艾桦驾车在酒店门口一个急刹，刚好接到跑出来的邦妮。

班泰紧追其后，顺势扒上了汽车尾部。

公路上，艾桦猛转方向盘，试图甩开班泰。

班泰敏捷地拉开车门，一下钻进了汽车后排。

班泰伸手阻挠艾桦开车，想把汽车逼停。

邦妮出手攻击班泰，示意艾桦专心开车，二人在狭窄的车内打了起来。

班泰忽然摸出一个手铐，铐住了邦妮一只手。邦妮用另一只手过招，没想到也被铐住，一时间无法动弹。

班泰一边继续伸手抓方向盘企图逼停汽车，一边用手勒住了艾桦的脖子。

汽车因为艾桦和班泰的相互使劲，东倒西歪。

艾桦的意识越来越模糊，他费力地掏出一把手枪，在汽车摇晃间，朝着班泰身上开了一枪。

班泰中枪，昏死过去。

恍惚间，车撞上路边的护栏。

艾桦猛烈地咳嗽起来，意识清醒后，他费力地从班泰身上找到了带血的手铐钥匙，给邦妮打开了手铐。

邦妮第一时间确认了电脑没有问题。

艾桦等邦妮把班泰从车后座扔下去以后，发动汽车离开。

09　宋 北

格伦小组解开了电脑里的加密资料,"北"的个人信息资料弹了出来。

页面上,一个三十岁左右男人的照片旁边写着:宋北。

鼠标滑下去是宋北的简历:麻省理工出身,接着深造于……毕业后本供职于英国安伦国际顶级研究所……

阿卡曼达看着资料,又看看艾桦,道:"太顺利了,不是吗?"

艾桦冷笑道:"顺利?"

邦妮道:"如果不是艾桦枪杀了那名调查局探员,我们俩都得死在车上。"

阿卡曼达道:"是吗?班泰死了?"

卡康冷冷道:"艾桦。"

艾桦疑惑:"你还不信我?"

卡康似笑非笑道:"之前你不是告诉我,军警设备已经运进国内了?"

艾桦警觉道:"对,就在我的仓库。"

此刻,艾桦的仓库里空无一物。

卡康道:"我想既然那天大家都聊得差不多了,那不如找个时间验验货吧?"

艾桦镇定道:"可以啊。"

卡康道:"那你觉得'现在'怎么样?"

他把"现在"说得很重。

艾桦心里有些慌:"现在?"

卡康看看手表:"啊,现在时间挺早的嘛。"

艾桦镇定一下情绪:"行,那我通知山口先生一声,仓库钥匙在他那儿。"

卡康道:"就在这儿问吧。"

艾桦慢慢拿出手机,拨通了一个电话。

艾桦道:"山口先生?我是艾桦,卡康先生想在交易前验验货……"

李文俊手机里传来艾桦的声音:"一个小时以后在仓库门口见,再见。"

周跃云立刻掉转方向,猛踩油门往仓库驶去。

周跃云道:"一个小时怎么来得及?!"

班泰从后排坐了起来,一把扯掉胸口的血包。被识破了?

李文俊道:"保持镇定。"

班泰道:"我们马上设置路障配合。"

艾桦把车开得很慢,全程极力掩饰自己的不安,并不时通过后视镜观察卡康。

待他开出一段路后,前面出现了沙朗政府调查局设置的路障,正对每一辆过往车辆进行盘查。

艾桦只得倒车,开向另一条更远的路。

调查员看艾桦的车走远，立即拨通了一个电话："他们从另外一条路走了。"

艾桦的仓库外，伊扎正指挥货车卸货。

伊扎急道："快点，再快点！"

周跃云赶到仓库，迅速进入了山口先生的状态，他走进仓库，不紧不慢地把所有箱子都盖了起来。

货车转过街角，艾桦在仓库外停下车。

周跃云叼着一支没点火的雪茄从车里出来，把钥匙扔给了艾桦。

卡康站在两人身后，看着艾桦。

艾桦慢腾腾地拿着钥匙开锁。

"啪嗒"一声，锁被打开。

艾桦深吸一口气，极不情愿地将仓库大门推开。

仓库里堆满了盖着布的箱子。

除了周跃云，剩下两人皆露出惊讶的表情。

周跃云取下嘴里没点燃的雪茄，微笑道："卡康先生，要进去看看吗？"

卡康道："山口先生真是实力雄厚，看来是不用验了。"

卡康嘴上说一套，动作倒是一点没停，径直走进仓库，揭开了塑料布。

塑料布下全都是带有军警设备标志的箱子，隐约能从箱子的破损处看到一些基础的军警设备。

卡康愣在原地。

周跃云道："有什么问题吗，卡康先生？"

卡康哈哈大笑道："当然没有问题！"

等到卡康和艾桦离开，周跃云才坐进车里，用手帕擦掉头上的汗水。

惊雷小组的驻地里，李文俊收到了艾桦的短信。

李文俊转头道："跟咱们预想的一样，行程果真被曹迪泄露了。司默，立刻通知国内，更改明天专家所乘的航班和降落的机场。"

赵司默道："明白。"

李文俊道："实施谋略行动的前提是确保我方安全，我们请求配合。"

班泰道："我们马上制定方案，配合接机、保护，确保专家安全。"

翌日，西川市国际机场内，国安局侦查员护送科学家宋北与其女助理凌北登上前往沙朗的飞机。

格伦小组也动了起来。

"艾桦守T1A口，邦妮和T-dog守T1B口，阿卡曼达守在T2B口……"

出发前，卡康的手下抱着一个盒子，挨个收走艾桦、格伦、邦妮等人的手机，防止消息走漏。

卡康道："艾桦，希望你这次也别让我失望。"

诸人各自驾车出发了，艾桦和伊扎坐前排，后面坐了两个手下，格伦等人各带一车手下，一共四辆车出发前往沙朗国都城东机场。

今天沙朗国的天空很蓝，客舱提示飞机即将抵达沙朗国国府机场。

宋北推推旁边睡着的女助理:"小凌,小凌。"

凌北迷迷糊糊道:"什么,教授?"

宋北道:"差不多该起来了,快到了。"

宋北和凌北下了飞机,推着行李往外走。

凌北只顾玩手中的魔方,连路也不看,径直走到沙朗国公民入境柜台。

宋北忽然抬头注意到凌北,这才抓着凌北的书包把她拎过来,挨着自己。

宋北道:"就那么好玩?"

凌北没搭腔,专注于手上的魔方。

宋北咧咧嘴,继续排队。

城东机场外,艾桦带着一车人,已经等得百无聊赖。

等了半天,也没见到有人出现。

艾桦拍拍打瞌睡的伊扎:"我去上个厕所。"

艾桦从厕所出来迷了路,不知不觉绕到了T2B口,他发现阿卡曼达的车并没有停在这里。

他立刻奔向T1B口,果然那里也是空无一人。

他抬头一看,面前的大屏幕上滚动显示着所有航班信息。

艾桦道:"糟了,有诈。"

一摸口袋,却没有摸到手机。

艾桦用公共电话联系李文俊,却始终无人接听。

艾桦驾车向城西机场飞驰而去。"卡康,你是故意支开老子的!"

城西机场停车场的不远处,格伦、邦妮、T-dog三人同坐在一辆车上,注视着专家车辆的动向。

李文俊和周跃云靠在两辆黑色轿车前等候。

忽然，他俩站起来，快步走向机场大门。

李文俊和宋北握手，四人交谈几句，便朝轿车方向移动。

李文俊和宋北上了第一辆车，周跃云和凌北上了第二辆车。调查局的车辆远远跟在后面。

班泰坐在车上，指挥接机安保方案。

班泰道："按计划路线行进，别跟太紧。"

调查局车辆里的探员道："是。"

车辆驶离机场，格伦等人开车紧随其后。

艾桦正驾车一路狂奔，赶往城西机场。

李文俊和周跃云的两辆车匀速行驶在路上。

T-dog正通过GPS定位，监视两辆车的移动。

李文俊带着两辆车驶入隧道，三辆敌车一同驶入了隧道。

敌车的目的极其明确，就是要压低专家车队的整体车速。

其中一辆敌车和载着宋北的轿车呈平行状态驾驶。

车后座的人大喊："停车，停车。"

李文俊从后视镜看到，格伦与另外一辆车在身后紧追不舍。

李文俊道："低下，保护好自己。"

话刚说完，一颗子弹便打碎了后车窗玻璃。

宋北吓得缩了缩脖子。

格伦等人驾车猛追，在两车的相逼下，李文俊开车冲进了沿河的居民区。

在狭窄的居民区街道上，李文俊开车一路横冲直撞，堪堪避开一位妇女，撞倒了沿河的许多居民设施。

格伦的车辆在隔壁街道与李文俊的车辆平行。

"砰——"邦妮开枪射击,一颗子弹打碎了车窗。

李文俊正欲加速,第二颗子弹打中了他的肩膀。

李文俊因为疼痛,手中的方向盘失去控制。

宋北准备帮李文俊控制方向盘,但为时已晚,汽车冲出车道,一头栽入河中。

汽车慢慢沉下去。

宋北和李文俊在水中皆失去了意识。

李文俊伤口的血随着水流弥漫开来。

10　设局

李文俊睁开眼，发现自己身在医院，他猛烈地咳嗽起来。

赵司默立马起身："师父，你醒啦！"

赵司默按铃呼叫医生。

李文俊开口就是："宋北人呢？"

赵司默道："被反叛军劫走了。"

李文俊骂道："去他的。"

说话牵引伤口，李文俊感到疼痛，脸色微微一变。

医生打扮的艾桦在角落里，看着赵司默关好房门离开。

艾桦轻声推门进了病房。

李文俊警觉睁眼起身："谁？"

艾桦道："是我。"

李文俊看了一眼艾桦，躺下去。

艾桦道："我赶到的时候，他们已经得手了。对不起。"

李文俊道："不怪你，是我们低估了卡康。我们调整了专家的航班，看样子曹迪还是从沙朗政府内部掌握了情报，谢谢你今天救了我。"

艾桦赶到的时候，宋北已经被掳走了，他把李文俊送到了医院。

消息传了出去，电站上下一阵恐慌。专家被劫，安保小组人员还受了重伤，只剩三天了，这怎么可能完成验收？

被掳走的宋北此刻被单手拷在床上。

格伦站在床边，拿着一支注射器汲取药物。

待调整好合适剂量，格伦便将药物注射到了宋北身上。

宋北的眼睛越来越沉："你给我注射的是什么？"

格伦道："没什么，它能让你好好睡一觉。"

宋北抓着格伦衣角的手，随着麻醉药的作用，渐渐滑落。

格伦解开了宋北的手铐后，打了一个响指："进来。"

邦妮穿着浴袍走进房间等候格伦的指示。

格伦扔下一个东西，退出了房间。

邦妮解下浴袍，露出美妙的酮体。

她靠近宋北，慢慢解下了宋北的皮带。

恍惚间宋北一把抓住邦妮，企图制止邦妮手上的动作。

不过邦妮轻轻一推，宋北的手又重重地垂下了。

在隔壁房间里，T-dog拿出一个钱包，他仔细地翻出了钱包里的所有东西，找到了一张银行卡。

按照银行卡上的卡号，T-dog通过网络向卡里汇入十万美元。

宋北还在沉睡，突然，一阵刺眼强光照在了他的脸上。

格伦不重不轻地拍拍宋北的脸："宋教授，醒一醒。"

宋北慢慢睁眼，发现格伦站在床边。

格伦道："宋教授，你醒啦？"

宋北问："这是什么地方？"

格伦道："不必担心，你现在很安全。宋教授，如果没弄错的话，我听说你以前是在安伦国际研究所就职对吧？"

"你怎么知道？"

"不过我听说，你后来因为一些事情被研究所除名，这才辗转回到中国。你不觉得很可惜吗？"

"可惜，是挺可惜的，不过这也不是我能决定的事情。"

格伦笑道："如果我现在告诉你，我可以想办法帮你恢复你在国际研究所的职位，不过需要你提供一点小小的帮助，你觉得怎么样？"

宋北惊慌道："你想要什么？"

"只要你把修复洛普电站需要的核心数据交给我，我就帮你复职，如何？"

宋北变了脸色："这，这怎么可能？要我背叛我的国家，我不会做这种事情的。"

"教授，可别敬酒不吃吃罚酒啊。"

格伦扔下一沓照片在宋北面前。

宋北定定神，抓起照片查看，而后露出不可置信的表情。

"教授，不认识自己了？"

照片上是宋北和邦妮一丝不挂地躺在床上。

宋北越看越生气，把照片全部撕了。

"卑鄙！这是恶意陷害。"

格伦道："是的，邦妮和你什么都没做，可是这些照片，谁又能说得清？"

宋北硬气道："你们公开绑架我，只要我获救，就能向组织说清遭遇。你们搞'色情讹诈',就算有把柄也没用。"

"厉害,思路很清晰啊。谁说我们要把这些当把柄的?一个中国专家,来沙朗援助项目,却和女人乱搞,一旦被爆料,我倒要看看你们专家团在国际上还有何形象可言?"

"你们!"

"宋教授,你还收下了十万美元的咨询费。"

宋北道:"不可能!"

格伦叹了口气,从兜里摸出一张收条,上面写着:收到专家咨询费十万美元。右下角有一个歪歪扭扭的宋北的签名和一个红红的手印。

宋北看着收条上陌生的内容,他抹了一把脸,发现拇指上还有残留的印泥。

宋北道:"你们这些浑蛋!"

格伦冷笑:"要是收条被人发现,好像就不是那么容易能解释得清楚的事了。"

宋北一字字道:"我没有背叛我的国家!"

格伦把宋北的电脑扔到他面前:"宋教授,只要你乖乖按我说的做,我保证这些照片和这张收条绝不会泄露出去。当然,那十万美元和研究所的职位还是你的。你看,这可是双赢啊。"

宋北的表情极其复杂:"我……"

宋北接过电脑开始操作,忽然他面露微笑:"不对,这不是我的电脑。"

格伦道:"你在开什么玩笑?"

宋北道:"这好像是我助理的电脑,昨天下飞机,我俩可能拿错了。我的电脑上有修复洛普电站所需的核心数据。"

格伦立马皱起眉头：不好，有诈！

大批沙朗调查局警员从各个方向悄悄包围了格伦的驻地。

赵司默拿着收发器，李文俊和周跃云跟在后面，班泰带着调查局人员在一旁掩护。

三人带队逐渐靠近格伦所在的地方。

赵司默站在门前，手中收发器响个不停。

赵司默向周跃云点点头，确认了所在地。

两人退后，班泰下令，调查局人员拿着专业破门设备上前。

班泰以手势为信号，数到三时，调查局人员动手破门。

听到动静，格伦立即拿起枪准备反抗。

几颗发烟弹随即被扔进屋里，众人在掩护下进入。

班泰喊："我们抓人控制局面，你们配合救宋北。"

烟雾中，赵司默的收发器很是显眼，成为敌人的目标。

邦妮一脚踢掉了赵司默手中的收发器，惊雷小组出于自卫和敌人交手。

周跃云三拳两脚便擒住T-dog，但远处格伦的枪口也对准了他。

李文俊先发制人，扑倒格伦，格伦手枪落地。二人赤手空拳打到一处。李文俊气势如虹，几招后，将格伦按倒在地，反剪其双手将其制服。

格伦恶狠狠地盯着李文俊："你可以打败我，可是你永远改变不了我们的强大。"

李文俊看着他，一字字道："强大不是欺负人，而是平等和尊重，你现在不明白，以后就会明白了。"

这边邦妮也被赵司默制住，调查局的人员控制住了现场。

李文俊走进房间，查看宋北的情况，赵周二人紧跟其后。

李文俊喊："宋北，没事吧？"

宋北咧咧嘴："还没死。电站怎么样了？"

李文俊道："放心，一切有凌北。"

格伦的眼睛都要喷出火来。李文俊走了过去，缓缓道："你是不是没想明白，到底哪里出了问题？赵司默电脑上凌北与宋北的信息是相互调换过的！"

凌北才是电能专家！

李文俊缓缓道："中国有个成语，叫'李代桃僵'。"

时间倒回到机场接机的时候。在机场口，李文俊道："一会儿凌北跟跃云，宋北跟我，大家上车吧。"

车上，李文俊递给宋北一颗追踪器胶囊："吞下去，它会在你身体里留三天。"

公路上，周跃云带着凌北突出重围赶往洛普电站。

抵达电站后，凌北在电站人员的配合下，抓紧时间抢修电站。

调查局人员押送格伦一行人下楼。

李文俊四人同坐一辆汽车，惊雷小组终于得以聚首。

周跃云道："最后一个组员，原来是你啊。老实说，就这样看你，我真以为你是个搞科研的呢。"

宋北不好意思地笑了笑。

赵司默道："就你那个眼睛，能看到什么呀？"

周跃云道："我的眼睛，只看得到你啊。"

赵司默一下子被噎得说不出话，脸也变得红红的。

李文俊笑着摇摇头："宋北，你年轻时谈恋爱，也这样吗？"

宋北道："可能是吧，太久了记不清了，所以啊，还是年轻好。"

格伦被捕的消息传到了卡康的老巢。

卡康狂怒地把所有东西都从桌面推到了地上。

"不可能,不可能,我不可能输的!我不会认输的!一定还有办法,一定还有办法。只是格伦被抓了而已,没有他,我一样能成功……"

卡康抓着阿卡曼达的肩膀疯狂摇晃:"阿卡曼达,带上十名精英成员,我要你夜袭洛普电站!"

格伦被捕的消息,同样也逆转了沙朗政府代表恩伊在西方政要面前的地位和气势。如果说之前的谈话恩伊尚留有余地的话,这一次他和西方代表的谈话,已是毫不留情。

西方政要代表第一时间约见了恩伊,想要替格伦开脱:"恩伊先生,事情不是你想的那样。"

恩伊眉毛一扬:"那是什么样?哦,我明白了,格伦是卧底?"

"条件是可以再谈的。"

恩伊道:"谈?谈什么?合作最基本的是相互信任,不是吗?你们口口声声说要谈合作,结果私底下去联系我们国家最大的反动势力,你们到底是什么居心?!"

"恩伊先生,只要你能按照约定,我答应……"

恩伊道:"答应让卡康坐上总统的位置吗?对啊,你们何必大费周章地派特工和卡康接洽,搞这么麻烦的一套。你们直接告诉我,让我辞职不好吗?你先别说话,让我想想该要什么来换才好呢?嗯,我看你这个位置倒挺不错的。"

谈崩了,谈到这个份儿上,再谈下去外交上就失礼了。

"恩伊先生真会开玩笑。"

恩伊"哼"了一声:"我现在可没心情开玩笑。秘书,送客!"

西方政要代表离开的时候,恩伊注意到他脸上的阴险和狠辣,他知道,敌人做最后一搏的时候到了。

恩伊拿起电话,打给了班泰:"卡康已经藏起来了,不好找。现在任务交给你了,得快点。"

班泰在电话那头说:"你也当心点!中国有句话,叫'狗急了跳墙'。"

11　跳　墙

赌场内鱼龙混杂,光线无比昏暗。

艾桦和李文俊正在挨桌寻人。

卡康已经藏进了最后一个秘密巢穴,他们的当务之急是找到他。之前艾桦接近卡康,曾有过几次机会,但两害相较取其轻,得先粉碎格伦小组并弄清曹迪的阴谋,再来解决无脑、粗暴的卡康。

李文俊道:"你确定他会在这里?"

艾桦道:"不确定。干这行的,平时不是赌就是嫖。人要是不在这里,那只能去妓院挨个房间找了。"

李文俊便不再多话,专心寻人。

角落里,艾桦跟一个马仔攀谈起来。

马仔指指卡座那边,艾桦点头,拍拍他的肩膀以表谢意。

艾桦转头叫住找人的李文俊,两人来到卡座区域。

两人走到一张酒桌前,找到了一个神志不清的男人。

这个男人便是那天带着李文俊找到察克的马仔。

艾桦拍拍他的脸:"醒醒,醒醒。"

马仔迷迷糊糊地看了艾桦一眼，傻笑了一下，又昏迷过去。

李文俊捡起桌子底下的一个针筒，递给艾桦看。

艾桦扒起马仔的衣服，发现他手臂上全是密密麻麻的针眼。

艾桦道："他这是搞了多少的量！"

两人只能一左一右把马仔架了起来。

水龙头一直开着，洗手池里的水逐渐溢了出来。

艾桦卷起袖子，抓着马仔的脑袋就往水里按。

李文俊负责看表数数："……八，九，十。"

数到"十"，艾桦便将马仔的脑袋拎出水面，留给他一个喘息的机会，然后再按进水里。

如此循环往复，马仔逐渐恢复了意识。

马仔想挣脱艾桦的控制，艾桦一放手，马仔一个踉跄摔到地上。

艾桦蹲下去："告诉我，你每次和察克去给卡康运送武器，是送到哪里？"

马仔道："北城……城外二十公里的石头山。"

艾桦道："山上什么地方？"

"不知道。我和老大每次只是开车到山下，接着卡康的卫队会来取走武器。"

听到关键信息，李文俊摸摸耳垂，跟艾桦相视一眼。

阿卡曼达带着十余人的精英小组，正步步逼近洛普电站，和沙朗国保卫电站的军警力量发生冲突。

阿卡曼达很快控制了局面，但令她想不到的是，工人们全都拥了上来，把电站园区门口堵住。

阿卡曼达的手下用枪口指着工人们。

阿卡曼达喊:"让开!"

电站工人们挡在门口纹丝未动,纷纷喊:"不让!不让!"

阿卡曼达道:"安静!"

工人们并没有理会,声音还在此起彼伏。

阿卡曼达朝天空放几枪:"安静!"

工人们这才有些发怵,大家你看看我,我看看你,声音渐渐小了下来。

阿卡曼达用枪指着众人问:"你们当中,谁是管事的?"

众人安静了片刻,工长张大山推开前面的工友,走了出来。

阿卡曼达道:"很好。"

张大山问:"你想干什么?"

阿卡曼达道:"你,去告诉他们,让大家让开,我可以放大家一条生路。"

张大山道:"你是说,只要我们让你们过去,你就不杀我们?"

阿卡曼达道:"对,我们只炸电站,不杀中国人。"

张大山点点头,停顿了一下道:"做梦!我们是不会让你们毁了这座电站的。"

阿卡曼达的手下上前,用枪托狠狠地朝张大山头上砸去。

张大山的头部顿时血流如注,人也倒在了地上。

12　大决战

李文俊驱车前往调查局与周跃云、赵司默二人会合。

周跃云迎了上来:"组长。"

赵司默问:"有消息了吗?"

李文俊点点头,三人迅速朝调查局办公室移动。

调查局情报作战室内,众人从大屏幕的地图上看见了石头山的全貌。

调查局局长道:"李组长,你也看到了整个石头山的范围有多大,要立马找出卡康的秘密基地,几乎是不可能的事情。"

李文俊摸摸耳垂,思索着。

李文俊问:"如果通信能连接上卡康,贵国调查局的定位追踪最快能缩小范围到什么程度?"

调查局局长皱起了眉:"只能赌一把。"

于是周跃云拨通了卡康的电话。

周跃云道:"我是山口健。"

卡康像是刚刚嗑了药,又像是大醉未醒,在电话那头道:"山口先生,我现在邀请你成为我的长期供应商。"

李文俊向周跃云打暗语手势:"拖住他,三十秒。"

沙朗调查局的定位系统对石头山进行了全方位的排查。

调查警员们的眼睛紧紧盯住面前数百块屏幕,不放过任何一丝线索。

周跃云正在和卡康胡诌,而卡康有些不耐烦。

时间一分一秒地过去。

一个沙朗警员激动举手:"找到了。"

警灯闪烁,沙朗调查局人员紧急集合。

调查局局长道:"我代表政府,邀请三位一同前往。"

李文俊恭敬道:"全力配合。"

周跃云道:"卡康挨揍的样子,还真是不想错过啊!"

警笛呼啸,调查员们一路风驰电掣,赶往石头山。警车之后,是政府军的数十辆作战吉普车。

山下所有人都调好了对讲机频道,以便互通信息。

众人散开,呈地毯式搜索上山,接近卡康的秘密基地。

秘密基地里的卡康已经醒了,他通过监控看到了展开搜寻的政府军。枪声已经传了过来。

卡康愤怒地一捶桌子,骂了一声。

卡康军卫兵喊:"政府军队马上就到!快撤吧!"

卡康喊:"我不甘心!都是中国人坏事,我要杀了那几个中国人!"

卡康与卫队拿起枪,准备正面突围,决战的时刻到了。

李文俊三人正快速从山道登上石头山。

蓦地,一辆吉普车从树林里钻了出来,卡康率卫兵从车内跃出,向李文俊等人射击。

李文俊着地一滚，扑了过去，一把抱住卡康，拼命弄掉了卡康手中的枪，两人扭打在一起。

　　李文俊落于下风，被卡康甩了出去，头部撞上岩石，晕了过去。

　　周跃云与赵司默加入战团。

　　卡康看到周跃云："是你！你不是山口健！"

　　卡康一时间怒上心头，拳脚向周跃云招呼过去。

　　周跃云腹部被卡康膝盖击中，他忍着痛，不退反进，一把抱住卡康腰部，向前一阵猛冲，带着卡康狠狠地撞在树干上。

　　树叶"哗哗"而落，卡康痛到说不出话，周跃云抓住这个机会，扣住卡康力臂，紧接着扭转身体，一个背摔，将卡康摔在地上。

　　周跃云俯下身去，拳头像暴雨般痛击卡康。

　　就在周跃云抬起手肘，准备解决卡康的一瞬间，赵司默尖叫一声。

　　卫兵喊："住手！"

　　周跃云抬头一看，卫兵左手勒住赵司默的脖子，右手用枪顶在她的头上。

　　"你再动一下，我就杀了她！"

　　周跃云放开卡康的衣领，双手慢慢抬起来。

　　卡康得到喘息，立马一拳打在周跃云脸上。

　　周跃云被打倒在地，卡康把他提起来，用拳头猛揍他。

　　赵司默大喊："还手啊，还手啊，周跃云。"

　　卡康打得没了力气，他提起满脸是血的周跃云。

　　赵司默喊："周跃云，笨蛋，你还手啊！"

　　卡康放开周跃云，起身朝赵司默走去。

周跃云扑过去，一把抓住卡康的脚。

卡康冷笑道："新鲜了，怎么这年头还有人抢着要死。"

卡康死命地往周跃云身上一踩，周跃云只觉剧痛传遍了全身。

卡康拿过卫兵手里的枪，继续指着赵司默。

卡康道："不着急，等我先解决了她，马上就送你走。"

赵司默红着双眼，与地上趴着的周跃云对视。

"砰——"枪声响。

卡康倒地，子弹正中眉心，他的双眼中满是不信和凶横。

"砰——"第二声枪响。

卫兵倒地。

诸人回过头来，李文俊手上拿着之前掉落在地上的枪支，枪口正在冒烟。

赵司默赶紧过去抱住周跃云。

赵司默喊："周跃云，你没事吧？"她喊着喊着，就哭了起来。

周跃云慢慢握住赵司默的手："你别哭，我没事。"

赵司默道："你怎么这么笨？"

周跃云道："我要保护你啊。"

赵司默心疼地大哭起来："你这个傻瓜！"

洛普电站外，阿卡曼达正用枪指着工人们："快点，我没时间跟你们耗下去！"

张大山突然从地上暴起，撞开阿卡曼达，企图抢下她手里的枪。

张大山喊："有种从我身上踩过去！"

阿卡曼达的手下迅速制服了张大山。

阿卡曼达轻蔑道："疯子。"

阿卡曼达打了一个手势，几个手下便轮番向张大山施暴。

工人们被阿卡曼达的暴行激怒，冲向殴打张大山的人。

张大山眼中毫无惧色，他盯着阿卡曼达一字字道："要想摧毁电站，就从我们的尸体上踏过去！"

"对，要想摧毁电站，就从我们的尸体上踏过去！"

阿卡曼达冷冷地看着这群不要命的工人，准备指挥手下开枪："杀了他们！"

手下面露难色，没有动静。

阿卡曼达扭头怒斥："你们在干什么！"

为首的手下道："这样明目张胆地杀死中国人，中国绝对会追究到底的。"

阿卡曼达道："出了事，由我负责，给我开枪！"

"嗒嗒嗒——"连续的枪声仿佛严厉的警告，一阵有秩序的脚步声快速接近。

政府军赶到，包围了阿卡曼达及其手下。

政府军代表朝他们喊话："卡康已被击毙！立即放下武器！"

手下们纷纷将武器扔到了地上，阿卡曼达也长叹一声，将枪扔了出去，这场夜袭终于宣告结束。

13　星河一道水中央

班泰赶到曹迪的住宅时，曹迪正在饮酒。

曹迪斥责班泰，大发官威："警长，你知不知道你对面坐着的是谁？你有什么资格逮捕一个政党的党首？我还是国家监管执法议长！普尼，快赶走他们！"

他喊了两声，秘书普尼全无应答。

班泰笑着说："普尼已经把你资助卡康的证据交给调查局了。"

曹迪面如死灰。

班泰又道："卡康作乱，被现场击毙。阿卡曼达和格伦已经交代了不少你的事，要不要和他们对质？"

班泰铐上了曹迪："好了，你现在不是议长了，你是犯罪嫌疑人。"

翌日，新闻发布会现场。

政府代表恩伊召开了全球新闻发布会，通报了西方国家在沙朗国开展间谍活动并破坏洛普电站的行为。

恩伊道:"有确凿证据证明,西方国家情报人员参与卡康极端恐怖活动,试图破坏我国重要基建设施,已经被我国情报调查局抓捕。"

台下新闻记者哗然。

新闻发布会后,恩伊赶赴洛普电站落成仪式现场。

竣工仪式上,总统热情致辞,宋北扮演的"专家"和"小助理"凌北站在一边。

宋北小声道:"其实我有个问题想跟你求证。"

凌北问:"什么?"

宋北道:"你之前为什么被开除?"

凌北一脸疑惑:"开除?"

宋北道:"研究所。"

凌北反应过来:"哦,你说那个。不是开除,是辞职,欧洲人也好面子。"

宋北看着她。

凌北沉声道:"因为我是中国人。"

宋北道:"结束任务回国前,你还是我的助理吧?我有个事想请你安排一下。"

凌北道:"你说。"

宋北道:"帮我安排一个吃泰国菜的地方,我要约一位女士共进晚餐。"

凌北问:"我能问是哪国女士吗?"

宋北道:"刚刚她说,她是中国人。"

电站快速运行,全城的电灯像漫天繁星一样被点亮。

一个中学生专心致志在电灯下做作业,伊扎走过来:"弟弟,开饭了!"

在城市的另一头,小男孩赫洛拿着一个灯泡轻轻一扭,电灯亮了。

赫洛欣喜地喊:"爷爷奶奶,你们看,灯亮了!"

老两口露出了笑容,灯光将他们的皱纹照亮。

那盏老旧的煤油灯,静静地立在房间角落的桌子上。

艾桦在天灯俱乐部的楼顶一边品着红酒,一边环视着整个城市的光明,他拿出手机向李文俊发送:"灯火万家城四畔,星河一道水中央。"

李文俊的父亲李乐山看着电视里关于电站启动的新闻,接听着李文俊的电话,热泪盈眶。

一切都已圆满,惊雷小组也该收队回国。

李文俊等人登上了傍晚的航班。

前排的几位乘客正讨论着这次的电站事件。

乘客说:"快看外面,不夜天!这还是我头一次看见沙朗这么亮堂呢。"

另一名乘客道:"那可不,我们国家这次可是费了老大劲才让电站按时完工的。我听说啊,还专门派了特种部队出动呢!"

前面的乘客问:"真的吗?你可别吹牛。"

"真的,我同事的老婆就在沙朗政府里面工作,她亲口告诉我的,不然你以为洛普电站是怎么如期交付的!"

惊雷小组就坐在后一排,一字不落地听完了前排乘客的谈话。

周跃云跟李文俊调侃道:"组长,这次国家是不是要奖励我们一笔巨款,外加一块纯金的勋章?"

239

老成的李文俊闭着眼说道:"对党绝对忠诚,甘当无名英雄!"

周跃云摸着脸上的伤疤叫道:"啊,那我这些伤不是白受了!"

赵司默说:"哎,大不了回国以后,我请你喝奶茶,就当补偿你受伤了。"

李文俊闭着眼睛笑。与他们隔了很多排的宋北,此时已经变装成了商人模样,正在翻看手中的小说——《宿敌:山河无名》。

飞机起飞,机尾后面是整个沙朗国灯火通明的景色。

第四章　山海

01　风雷与海水

海滨城市的晨雾很重。

雾气打湿了老街石板路的地面。

殖民时期的欧式建筑在远处林立。

踏着晨雾和湿漉漉的地面,一名挑着早餐担子的小摊贩快步走过,抵达指定地点。

他的衣服鼓鼓而动,似乎藏有活物。

他就像刚刚偷了隔壁邻居家鸽子的贼。

小贩警觉地环顾四周,随后掏出衣服下的白鸽。

他刚刚"偷来"的这只白鸽,就是组织给他的"信使"。

白鸽的腿上绑着物事,小贩手一捋,轻轻从白鸽腿上捋下了物事。

他向天放飞鸽子。随即旁边的教堂广场上,群鸽飞起。

小贩手中展开一张纸条,他将纸条藏进一份酒酿粉子,递给前来端餐的客人。

酒酿粉子快速过手,递到一名送餐汉子手中,汉子喊了两声:"夫人的餐!"

酒酿粉子通过一个吊篮被送上了阁楼，二楼的布衣女人拿到后，关了半边窗户，进入一个小房间。

小房间很暗。

点亮一盏油灯，布衣女人透过灯光看到了纸条上的内容。

黑暗的屋子里，电报的拍发声微微响起，而这微微的声音，淹没在外屋太太们打麻将的声音之中。

"嗒——嗒嗒嗒——嗒嗒……"

窗明几净的教室内。

一名文质彬彬的戴眼镜的俄语老师正倾听学生们整齐地朗诵俄语课文。窗外的铃铛声让他缓缓走到窗前，铃声有节奏地传递着今天的重要任务。他侧耳倾听，将铃声记在心中，然后转身翻起厚厚的书本。书中的字码母本能译出密码电文。

此人叫作谢振，二十七岁，他来这个海滨城市是为了执行一个特殊任务，他的伪装身份是俄语教师。

谢振清秀儒雅的外表下藏着睿智沉稳，骨子里有着坚忍不拔，以及多年经历斗争沉淀下的果敢。此人正直、善良、心思缜密。

谢振伸手指着密码电文，眼前密码译文浮现："目标叛徒林铜饶，申时柳南戏院"。

这一次，他的任务是惩治叛徒林铜饶。林铜饶不久前出卖组织、投身敌人，并担任敌人特务机关之"捕共大队"要职。林铜饶的背叛，令数十名地下党员被捕牺牲，其为求爵禄，继续吐露地下党员的身份信息。林铜饶在叛变之前，长期从事地下组织工作，对地下组织成员的身份了如指掌。危险尚在延续之中，上级发出了十万火急的锄奸命令。

柳南戏院是个很有名的戏院。

步枪瞄准镜里出现戏台，台上的"林黛玉"举步如和风拂柳，启齿似燕语呢喃。

身着长衫的林铜饶正饶有兴致地看戏。

"砰"的一声，一颗子弹冲出枪管，弹壳退膛之势如定格的慢镜头。

子弹瞬间穿透林铜饶的心脏！

戏子拂袖间，场内已是一片混乱，呼喊声与鼓点声交织在一起。

看台二楼的黑衣男子快速收枪，甩袖而出。

"在二楼看台！"第一时间察觉到开枪方向的，是林铜饶的保镖彭天河，此人凶横彪悍，以身手高超闻名坊间。

抓捕人员一拥而上，枪声、哨声、追击声不绝于耳。

黑衣男子摘掉眼镜展现面容，正是俄语教师谢振。

彭天河在混乱中追击而去，谢振先于他穿过人群。彭天河以墙借力，从空中越过人群，眼看就要抓住谢振！

谢振动作轻盈，彭天河只扯下其半只袖子。人群混乱，将二人冲开一段距离。

谢振借机冲进戏台后边的甬道，边跑边依次换下面罩和黑色的行动服装。

一名抱着戏服的小工向谢振迎面而来，两人四目相对之际，谢振把行动服装往戏服上一放，小工同时拿起一套新的服装塞给谢振，将行动服装隐藏于戏服之下，两人擦肩而过，谢振已经变装成功。

他边走边拆解枪支，动作利落熟练，镇定潇洒，他将枪支部件装入背包，从戏院后门跑出。

在戏院后门，谢振的老搭档胡林一个停车甩尾："快！"

谢振跳入车内,"砰"的一声关上车门,车辆快速行远。

一场有组织有策划,从传递、锁定到行动、变装、掩护、撤退的锄奸,在夜幕下落下帷幕。

来时动如风雷,去时寂如海水。

黑夜里,划火柴声放大,老街的阴影里,有人点了一根烟,烟头忽明忽暗。

02 任务

深牢大狱，阴暗漫长的甬道像一张吞噬大口。甬道尽头，谢振正在被严刑拷打。他在黑暗中昂起头，汗水和血顺着他的脸颊流下。

谢振呼喊着从噩梦里醒过来。

他不是第一次做这样的噩梦。上一次因为叛徒出卖，他落入敌手，好不容易从敌人手里死里逃生，之后便时不时会做这样的噩梦。

噩梦，有时会把人打倒。

但有时，又会让人更强大。

谢振无疑属于后者，每一次噩梦中的痛苦，都凝结成他的坚忍和刚强。

谢振起身冲澡，一瓢水淋过头顶，健硕的男性背部散发着强烈的魅力，水流淌过身上的伤痕，更显得触目惊心。

"嗒嗒——嗒——嗒嗒嗒——嗒嗒"，披着衣服的谢振正在秘密据点内发送"行动成功"的电报。

秘密据点是一栋居民楼，组织于三个月前租下了它，成为地下工作的临时阵地。

蓦地,一只手按住谢振发送电报的手。

谢振抬头,看见了胡林,他眉清目秀,却皮肤黝黑,有日照过度的痕迹。

胡林比谢振先一步来到这座海滨城市,主要负责地面情报网络事宜,他很熟悉这个城市的情况。

胡林一字字道:"名单还在叛徒林铜生手里。"

"林铜生?"

胡林道:"已经击毙的叫林铜饶。"

谢振道:"林铜生和林铜饶是两兄弟?"

胡林道:"正是。"

谢振道:"兄弟二人同属组织要员,真是难得。"

胡林道:"兄弟二人同时叛变,也真是少见。"

谢振道:"现在我们还要惩治林铜生。"

胡林道:"林家兄弟二人长期从事组织部门工作,知悉地下党员身份,一旦和盘托出,地下省委机关将遭到严重破坏,众多同志将性命不保。"

谢振道:"林铜饶已经伏法。"

胡林道:"是,但危机并未解除,他弟弟林铜生仍然掌握着地下同志的身份。"

谢振叹气道:"所以,任务根本没有完成。"

胡林道:"是。"

谢振道:"那我们下一步要怎么做?"

胡林目光灼灼:"上级指示,必须抓住林铜生。"

谢振道:"我们有支援吗?"

胡林摇头："没有。"

谢振道："我们有多少时间？"

胡林道："不多。"

谢振道："我们最危险的敌人是谁？"

胡林嗓子停顿了一下，声音有些发颤地说出了一个名字。

"陆洲。"

谢振道："可她是个女人。"

胡林道："对，也是敌人。"

谢振道："看来女人并非不如男人。"

胡林道："此人心狠毒辣，冷酷果断，是敌人在这个地区特务工作的负责人，也是敌人特务总头目廖新夫的表妹。"

谢振道："策反林铜饶、林铜生兄弟，想来也是她的手笔？"

胡林道："是。"

谢振道："真是好手段。看来她是想获得地下党员的身份、名册。"

胡林苦笑道："如果我们没有猜错，把林铜饶当作鱼饵钓你出来，应该也是她的手笔。"

谢振道："如果不是我们动作快，我差点就被彭天河抓住了。"

胡林道："她根本就没把林铜饶的命当命。"

谢振耸肩道："不，你错了。"

"哦？"

谢振缓缓道："我听说，她根本不把任何人的命当命。"

胡林道："包括她自己？"

"包括她自己。"

胡林倒吸一口凉气,道:"这才是最可怕的敌人。"

谢振道:"好了,形势已经明朗,我清楚该怎么做。"

胡林皱眉道:"你待怎么样?"

谢振盯着他,道:"我也能不把自己的命当命。"

03　名　册

阳光照进陆洲的办公室，照在几盆干枯的绿植之上。

桌面上放着一盏鎏金绿盖的台灯，旁边摆放着一个青花瓷茶盅。

茶盅被下属洗得很干净，里面茉莉花茶正散发着清香。

这间办公室位于特务处大楼的顶层，象征着陆洲在这座大楼里的绝对权威。

这间办公室很简单，不，应该说是简陋，简陋得仿佛找不出一件像样的物品。

外人永远也不会想到，这是一间女性的办公室。

它太简陋、太粗糙、太干枯、太无趣，就像陆洲的生命一样。

陆洲半夜没合眼，有点疲惫。她理了理自己的头饰——一个镶着帝王绿翡翠的小发卡，这是她最喜欢的装饰。

小发卡是洋行的老板"孝敬"她的，价值不菲，说是帝王绿的翡翠和她高贵冷艳的气质相搭。她一双丹凤眼里皆是冷酷与无情，如果非要用词汇描述她的气质，大家都知道，那可不叫高贵冷艳，而叫心狠手辣。

有人轻声敲了敲门。

一名特务下属在得到一声应诺之后走了进来。

在陆洲办公室的里里外外,是不允许发出很响的脚步声的。之前有个刚刚从特训班毕业的小年轻,因为不懂规矩,穿着皮鞋在陆洲办公室门口跑动,陆洲抓起抽屉里的手枪,把这小年轻打成了废人。

下属低头陈述,汇报昨晚各路眼线的反馈,看来昨夜的"捕共行动"落空了。

陆洲扶了扶自己漂亮的头饰,转身利落地给了下属一个响亮的耳光:"没用的东西!"

蓦地,门口响起了拐杖的声音。

这声音很大、很刺耳。

"笃笃笃——"

像是有人故意用力地在地板上敲击拐杖发出的声音。

哪有这样挂拐杖的人?这分明是在生气。

气得还很凶,像有滔天大恨。

陆洲瞪圆了眼睛。刚刚挨了耳光的下属吓得不轻,这是哪路不要命的,敢在此造次?

这可不是造次,而是故意挑衅。

这栋楼乃至这座城的人都知道,这叫找死。

门口光影闪动,一个有点驼背、身着西服的中年男子出现。

男子正是林铜生。

林铜生是和兄长林铜饶一起叛变的。陆洲为稳住林铜生,获取中共秘密党员的身份详情,便安排林铜生担任"捕共队"大队长,让其在这座城市布下天罗地网,扑杀所有地下党员。

自从林铜饶被刺杀后,林铜生夜不能寐,生怕自己落得和兄长一样的下场。

林铜生深知陆洲没有杀掉自己,只是因为自己手中的名册,这份名册不仅是自己的投名状,还是自己的保命符,只有尽快向特务总头目廖新夫献上这份名册,自己才能离开这座海滨城市,前往南京。

紧张得有些神经质的林铜生每晚换不同的西服,对着镜子自照——他一直以来都有穿西服的癖好。

穿着黑色衣服的林铜生此刻站在陆洲面前。

他开口说话:"把我哥都害死了,也不知道是手下没用,还是长官没用。"

陆洲面露愠色,道:"你是想找死?"

林铜生笑了起来,他笑得很是凄厉,问:"是不是每个人都随时可以去死?"

陆洲盯着林铜生,道:"是。"

林铜生道:"所以你把我哥当作诱饵,抛了出去?"

陆洲也不否认,正色道:"是。"

陆洲已经抓起了枪,林铜生这王八蛋,今天竟然敢如此无礼。

林铜生道:"我和你打个赌。"

陆洲道:"什么?"

林铜生道:"我赌,并不是每个人都随时可以死!"

"你!"

陆洲的枪已经指着林铜生的头。

林铜生笑得更厉害了,他简直直不起腰来,他说:"你不是要名册?"

陆洲道："拿出来，我便不杀你。"

林铜生用力收住了笑声，从衣服里掏出一堆黑色的灰烬，用力抛撒，黑色灰烬在陆洲面前翻飞，纸张燃烧的味道在办公室里弥漫。

"我不可以死。现在，只有我脑中才有这份名册！"

陆洲气得手都在发抖。

陆洲恨恨道："你要怎样？"

林铜生道："我要你保护我！"

陆洲盯着林铜生，二人僵持半晌。

"你是说，有人要杀你？"陆洲问。

林铜生道："这不是废话吗？"

陆洲问："提要求？"

林铜生一字字道："我要你把我送去南京，功劳仍然算你一半！"

陆洲转动那狐狸般的眼睛，迅速在脑中算了一笔账，她伸出手，道："成交。"

04　洋行职员

手握如此重要秘密的林铜生，自然有人要找他。

要找林铜生的人，正是谢振和胡林。

二人这几日秘密外出，对所有林铜生可能待的住地，进行了摸排查找。

可惜二人每日都是空手而返，根本没有下手的机会。

林铜生老奸巨猾、行事小心，不同于他那嚣张跋扈的哥哥林铜饶，林铜生基本没有公开的照片留存，也很少在公开活动中露面。

林铜生还找来一名和自己容貌相似的替身，用来混淆视听。他的打手彭天河，更是每天与其寸步不离。这一切都使得这次行动极为艰难。

二人回到地下联络点，谢振看着胡林，说："现在我们只能等，我在等一个人，等一个机会，这个人可以扭转局面。"

谢振等的人，是谁？

地下联络据点里风暴将至，而在这个城市的另外一边，一间雅致的日资洋行内，春意暖人。

一双纤细有力的手,在算盘上灵活拨动。

这是一双女人的手。

这是一个干练精致的女人,名叫尹佳妮。

尹佳妮正在跟伙计核对账本。

"你还说没有偷懒?"

尹佳妮用红笔圈出账目上的不合理处,伙计矢口否认。

"不不,尹姐,借我十个胆子我也不敢。"

尹佳妮指出几个细节佐证。

"这里,还有这里,你自己看。"

伙计见了,冷汗涔涔。

尹佳妮道:"我不责怪你,这些地方,不是你偷懒,只是你不细致。去吧,老板那儿我会担着。"

伙计如获大赦,欢喜地跑开了。

尹佳妮将数据填入账本,精确到小数点后两位。

尹佳妮向同事告辞,同事挽留她:"对面街口开了家康戴尔咖啡店,要不要一起去试试西点?"

尹佳妮婉拒道:"池佐先生让我去帮助他办宴会,我得准时。"

尹佳妮收拾好东西起身,与墙上正点十二的钟表分毫不差。

她心思缜密,她的生活,仿佛每一秒都经过精密计算。

一个丝丝入扣、精密精准的女人,到底是有趣,还是无趣?

尹佳妮口中的池佐先生,是这座城市最大的洋行的老板池佐伊夫,他是日本人,号称"中国通"。

池佐为儿子大办生日宴会,宴请了各路要员,"捕共队"队长林铜生、特务处负责人陆洲自然也是其座上宾。

穿着一身干练小西装的陆洲率队入场的时候引起了来宾们的关注。陆洲走过尹佳妮的身旁时,尹佳妮急忙移开了视线。

池佐伊夫聘请了当红摄影师果子为宴会拍摄照片。当摄影师果子将镜头对准正与陆洲交头接耳的林铜生时,林铜生将手一挡,不愿照相。

陆洲见状嘲笑林铜生失态,劝他放松点,别疑神疑鬼的。

随后,池佐伊夫偕其洋行职员尹佳妮与陆洲密谈。原来,池佐伊夫明面上是洋行老板,实则在与国民党做走私字画、古董的生意,而陆洲代表其表哥、国民党特务总头目廖新夫为其提供政治便利。官商勾结,趁机大捞特捞。

池佐伊夫深吸一口雪茄,道:"陆长官,是时候安排让鄙人与廖先生见上一面了。"

陆洲斜眼道:"怎么?先生是觉得我不能做主?"

池佐伊夫道:"陆长官可别误会,我深受廖先生庇护之恩,中国有句古话,叫'滴水之恩,当涌泉相报',我即将离开中国一段时间,特备大礼,想呈给廖先生。"

陆洲看着池佐,笑着不说话。

池佐接着道:"当然,这大礼也有陆长官一份。"

陆洲笑道:"都是自己人,什么大礼不大礼的?最好是大家都发财。"

池佐伊夫敬了陆洲一杯红酒,道:"那就有劳安排。"

陆洲道:"我忙于保护林铜生,也没有机会见到廖新夫先生。不日廖新夫先生接手一批军火会路过海港,到时还会亲自带林铜生到南京。"

池佐伊夫狞笑道:"陆长官,您不如杀掉林铜生,独吞名册，升官加爵。"

陆洲苦笑道："林铜生早有防范，已将名册销毁，记入了脑中。"

池佐伊夫眼睛一亮："看来这位林桑，不是普通人。"

谈话毕，池佐伊夫让尹佳妮送送陆洲。

二人缓步出门，此刻繁华在后，夜色在前，凉夜如水，她二人窈窕的身影在路灯下被拉长。

蓦地，陆洲开口问起尹佳妮池佐伊夫最近的动静，尹佳妮将池佐伊夫近日的进账出账细细报出，陆洲面露微笑。

"帮我盯紧他，和日本人做生意，得有人在身边才踏实，放心，少不了你的好处。"

尹佳妮唯唯诺诺地称是。

这精明、可爱的尹佳妮，竟是陆洲的密谍。

05　情 报

情报甲:"不日廖新夫接手一批军火会路过海港,到时还会亲自带林铜生到南京。"

情报乙:"林铜生将名册记入了脑中,且与陆洲不睦。"

来源:陆洲与池佐密谈。

研判:甲等。

当尹佳妮将两条绝密信息逐一向大家通报的时候,谢振和胡林面色凝重,留给他们的时间已经不多了。

陆洲之谍尹佳妮的真实身份原来是谢振的搭档。

你中有我,我中有你。

尹佳妮身边坐着摄影师果子,果子的身份也毋庸置疑。果子长期出入洋行,自然是为照应尹佳妮的工作。

果子把洗好的照片摆上案台,林铜生的照片清晰地呈现在大家面前。

一张海滨城市的地图铺开,其全貌清晰展现。

"惩奸的行动必须立刻部署,如果林铜生去了南京,将给组织造成更加巨大的危害。"谢振站了起来。

胡林道:"我们得尽快解决问题。"

谢振道:"三天后,廖新夫会到达这里,林铜生也会放松警惕,所以行动就在三天后。"

胡林道:"机会只此一次,一旦错失……"

胡林不敢继续往下说,同志的生命掌握在大家的手中。

谢振道:"廖新夫是来接一批军火的,他会选择乘船。"

尹佳妮道:"三天后的航船信息,我已经拿到。"

谢振道:"关键是,林铜生会在什么时候与他会合?"

尹佳妮充分发挥一名情报分析师的才能,道:"傍晚。"

谢振问:"傍晚?"

"对,只能是傍晚。"

胡林问:"为什么?"

尹佳妮道:"这批军火走私,池佐伊夫有参与,这是他们的一笔大买卖。池佐要面见廖新夫,是在晚餐时候。"

谢振眼前一亮,道:"林铜生自然只能等到廖新夫用完晚餐,才能觐见。"

尹佳妮在地图上画出了餐厅地点,缓缓道:"从林铜生个人的习惯来看,他会提前去往码头等候。"

胡林问:"可是,我们并不知道在哪个码头。"

尹佳妮道:"知道了廖新夫的用餐地点,自然也就能推断出码头的位置。"

尹佳妮以餐厅为圆心,画出一个圆形范围,道:"池佐伊夫会将廖新夫送到最近的码头。"

胡林道:"这范围内码头有三个,可我们只有一次机会。"

尹佳妮道:"我们难道要在码头和廖新夫的人交火?"

胡林道："不，那是飞蛾扑火。"

尹佳妮道："那就是了。"

谢振道："我们只能在路上下手。"

尹佳妮道："前往这三处码头的路线，不难找出。"

谢振看着地图，沉吟半晌，缓缓沉声道："林铜生会在三日后的傍晚出发，抵达教堂北路，和廖新夫的人会合，这是保护林铜生最好的路线。"

他顿了一顿，道："留给我们的空间，只有武汉路以北、南新路以东的六公里范围。这范围内有三条路，我们尽量选择在外籍人聚居处附近下手，那里敌人部署薄弱，有利于我们行动。"

尹佳妮轻声道："可是，整个计划尚有变量。"

胡林道："什么？"

尹佳妮一字字道："彭天河。"

此语一出，诸人静默。彭天河是林铜生的心腹，此人身手高超，手段毒辣，对林铜生又忠心耿耿。

谢振微微动容道："我在剧院和彭天河交过手。"

尹佳妮道："那你如何评估这个变量？"

谢振道："不是所有事都能通过数据来计算，计算有时无能为力。"

尹佳妮道："你的意思是不考虑彭天河？"

谢振摇头道："不，我的意思是，彭天河确实难以解决。"

胡林道："彭天河和林铜生如影随形，他身手了得，我们需要一个帮手来钳制他。"

谢振道："帮手？你不是说过我们没有支援？"

胡林歪着脑袋，看着尹佳妮和果子，道："那是之前。"

06　大力

　　海港码头，日头已高，海风大作。数十名工人有序地扛着一包包麻袋，从仓库运往船坞。

　　工人的队列中，有一名壮汉极其打眼。其他工人皆是身负两至三袋麻袋，而此壮汉背负五袋麻袋，步履如常，令人侧目。

　　守在跳板之前的胡林和谢振二人悄然观测。胡林轻声道："此人名叫贾大力。"

　　谢振细看此人，他身着白褂工装，似很久未洗，他面容坚毅，额头突出，肌肉健壮有力。

　　"这人能钳制彭天河？"谢振低声问胡林，"彭天河是个资深练家子，可不是光有蛮力就能制住他。"

　　不待胡林回答，贾大力已经扛着货物向跳板走了过来。

　　"那就试一试。"

　　谢振一抖长衫，坐在一旁，悄悄抬起脚尖，意图绊倒贾大力。

　　"咦？"贾大力一个踉跄，随即收力，稳住肩头上的麻袋，且看似轻轻一脚，便把谢振的腿踢开。

　　谢振眼睛一亮，贾大力这一脚，蕴含的功夫可真令人佩服。

就这一脚的功夫，谢振已经看出贾大力的段位，至少和彭天河不相上下。

贾大力明白此人挑事的意图，斜眼逼近谢振。

眼看两人快要交手，胡林上前推开两人。

胡林道："力哥，别伤了我朋友，我有事相求。"

贾大力认识胡林，他扛着麻袋，转身就走。

"我就一苦力，胡少别来找我麻烦。"

胡林抢到贾大力面前，深深鞠躬，道："我想请大力哥出山，帮我个忙。"

贾大力不便推开胡林，冷冷道："我知道你们在做什么，但是请放我一条生路。"

胡林道："大力哥对我们有些误会，令弟……"

贾大力摆摆手，完全没有兴趣听胡林说话，他扛着麻袋，侧身挤了过去。

谢振正要出手相拦，贾大力单手稳住麻袋，一手竖起手掌相格，他轻轻一格，竟似有万钧之力，谢振根本没法出手。贾大力昂首挺胸从二人面前走了过去。

好硬的功夫！谢振打心里再次发出喝彩。

看着贾大力的背影，胡林和谢振对视一眼，胡林大喊："贾驰力！"

这三个字似有魔法，贾大力定住了身形，他猛地转身，扔下麻袋，两步跃了过来，揪着胡林的衣领，将胡林提离地面。

贾大力怒道："我警告你，不准提我弟弟的名字！他就是跟着你去闹工会才丢了性命！"

胡林道："驰力是我的挚友，也是我的兄弟，他牺牲了，我也很难过！"

贾大力将胡林扔开，道："胡少，你们的道理，我不大懂，你们的事，我没兴趣！"

胡林还想劝说，谢振拦住了他。

胡林喊："大力哥，驰力牺牲前，让我给你个东西。"

胡林掏出一封信塞给贾大力，他握住贾大力的手，对方的手充满力量，粗糙而厚重。胡林含泪道："这是他的最后一封信！"

贾大力神色冷漠，甩开胡林的手，继续扛起了麻袋。二人无奈目送他走远。

07　步枪王

寻找帮手之路并不顺利。尹佳妮研究地图后,认为人手有限,如果能在岔路上埋伏一位枪手伏击林铜生,那成功的概率便会大很多。谢振想到了多年前自己参加北伐战争时,认识的战友秦泽后。

尹佳妮道:"秦泽后?这是何人?"

谢振道:"能百步穿杨的人。"

尹佳妮一展眉,道:"我想起来了!这人当年被称为'步枪王'!"

胡林一耸肩道:"贾大力我是搞不定了,你莫非能搞定秦泽后?"

谢振看着胡林,一副成竹在胸的样子。

昔日"步枪王",如今在何方?

一群学生有说有笑地陆续离开海港中学的校园,一名挂着拐杖、弯着腰、有些老态的扫地工正在清扫校园门庭。

扫地工抬起头,盯着不远处的一名男学生与其同伴,直到不见男学生的踪影,他才收回目光。

热闹的校园安静下来，瘸腿的扫地工找了一张椅子坐下，开始无所事事地剥花生。

远处枝头上两只小鸟叽叽喳喳，身后一只老猫正悄悄逼近，小鸟浑然不觉。

那扫地工见状，气定神闲地拿起桌上一颗花生，装上弹弓发射，只听老猫一声惨叫，花生正中老猫小脚，小鸟也应声而飞。

"好准！"一个女声夸赞道。

两双皮鞋出现在扫地工的裤腿前方。

来者正是尹佳妮和谢振。

任尹佳妮如何冰雪聪明，大抵也无法想象，昔日的"步枪王"，怎么就成了瘸腿的扫地工！

谢振请秦泽后借一步说话。尹佳妮远远地看着二人身影，谢振挺拔潇洒，更衬出秦泽后的羸弱与窘态。

谢振说明来意后，秦泽后尴尬地笑，将弹弓藏在身后，向谢振表示自己腿瘸不便移动，实在爱莫能助。

二人昔日共同作战，此刻境遇各异，委实让人唏嘘。

海滨城市的夜晚退凉很快，秦泽后拄着拐杖回家，刚打开家门，一本书便砸向他的肩头，秦泽后眼疾手快，抓住了书。

下午的那名男学生从房间走出，警告秦泽后不要经常出现在学校里，他不希望同学知道自己有一个逃兵父亲。

这名男学生叫秦孝明，是秦泽后的儿子。秦泽后脱离军队的事，给秦孝明造成了很大困扰。在一干热血进步青年眼中，当逃兵是一件非常难堪的事，特别是有人传言，秦泽后为了脱离革命军队，故意把自己的腿摔断。

秦泽后尴尬地立在当场，不知道该如何与儿子沟通。谢振突然从门后走出，打破了尴尬的氛围。

谢振也不客气，揪着秦孝明的耳朵让他坐下。

秦孝明挥拳反抗，被谢振施展小擒拿手轻易制服。

谢振叹气道："现在的小年轻，总是低眉顺眼把好脸色给外人，把臭脾气给自己亲近的人。"

秦孝明大怒："轮不到你教我！"

谢振笑道："我是你爹的战友。"

秦孝明道："你俩必是一路人，都是逃兵才会成为朋友！"

谢振手上发力，正要教训秦孝明，忽然觉得手上一震，他力道骤然松了，他侧眼一看，一颗花生米正在桌上转个不停。秦泽后腿瘸了，可是手上准头还是如此厉害。

秦泽后须发戟张，怒道："你说的事，我帮不了你，可我也没有请你来帮我教儿子！"

秦孝明从来没见秦泽后有过如此怒气，他退到了一旁，低头不敢说话。

秦泽后瘸着腿，走到秦孝明面前，道："这是我的生死兄弟，也就是你的长辈，我虽然没有请他来帮我教你，可你不能不服他的教训！"

秦孝明感觉父亲像是变了一个人，他从来没这么气场十足过！秦孝明被他的气场震慑，竟然一句话都顶不上来。

这种气场，只有在战场上放过枪、杀过人、嗜过血的人，才能具备！

谢振瞳孔在收缩，他仿佛看到了当年战场上秦泽后的身影。谢振心中想，他还当我是兄弟，这说明还有希望，他能帮助我。

秦泽后仿佛看穿了他的想法，回头道："我问你，你还当不当我是生死兄弟？"

谢振道："当。"

秦泽后道："那你帮我一个忙。"

谢振一抬手，道："讲。"

秦泽后道："你赶快走，走得越远越好！"

谢振愣在原地，这秦泽后不按套路的啊，他耳中"嗡嗡"作响，只听秦泽后一字字道："我早就已经没有了当年的热血，腿残了，人老了，只想安稳地看着儿子长大。"

谢振看着他的眼睛。

那里是一片死水。

谢振不便多说，只得起身告辞。

秦泽后抬头看了一眼谢振离去的背影，远处夜幕深沉。

08　设　伏

黎明穿破黑暗，离行动只有两天时间，两名关键人物都没有到场，谢振有些惆怅。

林铜生的队伍所要经过的每个点，谢振皆做好了安排。从住所到码头的路线有三条，埋伏的主力一定要放在林铜生的必经之路上。

但偏偏伏击的步枪手和拖住彭天河的人，谢振迟迟没有找到合适的人选。

谢振这几夜都没怎么合过眼，行动计划在脑海一遍一遍地不断演练。

时间又转过一圈，只剩一天半了。

谢振向大家公布详细的计划。

就在谢振对争取援助失去信心时，胡林带着一名壮汉进来了。谢振眼前一亮，来人竟是贾大力！

贾大力理净了胡须，梳理了头发，告诉谢振是弟弟叫自己来的。

胡林好奇道："我实在很好奇，贾驰力给你说了什么？"

贾大力一如既往的冷酷，道："关你毛事。"

三人正在寒暄，一阵拐杖敲击地面的声音响起。

谢振一阵激动，他知道，他所盼望的帮手终于找回了自己的热血和青春。

"你是在盼着我帮你忙，对吗？"秦泽后的声音在门外响起。

谢振道："是！"

秦泽后出现在门口，他依然瘸着腿，可是他浑身上下散发着自信的光辉。

谢振道："你是如何想通的？"

秦泽后道："我一直希望找个机会。"

谢振道："什么机会？"

秦泽后一字字道："告诉我儿子，我不是逃兵的机会。"

好了，不用多说了，该来的都来了。

谢振规划了路线和点位，也道明了当天行动的危险。秦泽后行动不便，胡林将成为秦泽后的"腿"。果子将洗出来的林铜生的照片分发给每个人。

谢振告知尹佳妮，行动当天她将如往常一样前往洋行上班，如若行动突变或者失败，她将作为后备力量，再次按计划行动。

行动正式进入最后的倒计时。

是夜，谢振挣扎着从痛苦的梦中惊醒，狱中皮鞭抽打的声音仍然回荡在他的耳畔。

尹佳妮拿着手巾轻声走进，谢振的表情稍微缓和了些，汗水已经湿透衣衫，尹佳妮为他擦拭，手巾滑过伤疤。

尹佳妮问谢振道："在牢里，你想过些什么？"

谢振道："我要是死了，你就没有丈夫搭档了。"

"组织再给我找一个丈夫搭档就好。"尹佳妮歪头带着一丝微笑，看着谢振。

谢振点头道："这一点，我不如你。"

尹佳妮道："是，永远保持冷静，永远保持精确，这是我的天职。"

谢振道："可是，有些理性的东西，始终战胜不了感性。"

尹佳妮道："比如说？"

谢振说："比如这个。"

然后他就握住了尹佳妮的手。

有些理性永远也超越不了感性。

人类最伟大的情感，本来就源于感性。

尹佳妮把手抽了出来，道："我希望你不要再做噩梦了。"

谢振道："只要闭上眼睛就会回到被抓捕审讯的当天……这也是为什么，我必须要奋不顾身，因为我不想让噩梦再延续到其他人身上！"

尹佳妮道："等到胜利后，就不用担心噩梦了。"

谢振道："等到胜利后，我们就不用做'假夫妻搭档'了。"

尹佳妮闻言踢了谢振一脚。

翌日，谢振一行按照计划，早早便抵达了相应的点位，各就各位。

尹佳妮也来到洋行上班，同时暗暗留意外来消息。

出发前，陆洲接到了廖新夫的一通电话，让她一定要把那两箱价值连城的画和林铜生一起送过来。

尹佳妮一直紧张地盯着手中的怀表，池佐伊夫一通临时交代任务的电话,打断了她的思绪。

"阿妮,你赶紧来我家一趟。"池佐伊夫在电话那头说道。

尹佳妮接完电话后,跟果子一起开车离开了洋行。果子作为司机开车,带尹佳妮来到池佐伊夫家。池佐伊夫交给尹佳妮两箱名画,告知尹佳妮要送到廖新夫先生用餐的地方去。

尹佳妮看着箱子,若有所思。

09　局中局

傍晚的海滨城市残阳绚烂。

火烧云映得海面金灿灿的。

林铜生和廖新夫约定的会合时间就要到了。

林铜生住所门口停着三辆汽车。

彭天河带一辆汽车先行出发排查前方安全。

林铜生和陆洲的车辆,一前一后,紧跟彭天河的车辆。

林铜生的车队行至一半到分岔路口,两三个工人正在维修街上的下水道,挡住了主干道。

彭天河先行下车清除路障。

"快走开!"彭天河靠近一看,发现让工人移走并非一时半会儿能解决的事情。

车内的林铜生立马发觉不对劲,他摇下车窗对彭天河道:"大白天主干道怎么会突然修水管,其中必有蹊跷!马上掉头!"

林铜生的车队立即掉头走另一条路。

望远镜里的谢振露出一丝微笑,这多疑而奸诈的老狐狸,终于要聪明反被聪明误了。

这样一来，林铜生车队正好会向着秦泽后的狙击区而去。

谢振通过望远镜观察到林铜生已经入瓮。秦泽后正躲在街道右边一处居民楼里，这个居民楼易守难攻，居高临下，正以一个俯瞰角度把所有岔路上的车辆收入眼底。

对于秦泽后这样的枪手来说，这是绝佳的狙击位。

秦泽后号称"步枪王"，他选择伏击的位置，是经过精心挑选的。

胡林担当着秦泽后的"腿"，将秦泽后推上了居民楼，他缓缓掀开窗帘，帮秦泽后安放步枪的射击托位。

秦泽后摆摆手，用枪筒把枪托掀到一边。

"我不需要。"

胡林有些尴尬，秦泽后把枪筒直接架到了窗台上，他一只手托起了枪。

他持枪的姿势很普通。

他瞄准的姿势也很普通。

可是，他这普普通通的姿势，却让胡林心中一凛。

胡林也说不上是什么感受，他只觉得秦泽后这么普普通通的持枪瞄准，仿佛人和步枪融合成了一体。

秦泽后的每一寸肌肉，仿佛都和步枪神经相连。

秦泽后的每一次呼吸，仿佛都和他手指预压的扳机相呼应。

这种临渊峙岳的气势，仿佛在说："生人勿近！"

胡林不由得内心叫了一声好，他知道秦泽后已经进入了一种特殊的冥想状态，这种射击的准备状态，将他的身心都带入了一个常人无法想象的境界。

这哪里是平日里邋遢、委顿、颓废的扫地工？

邋遢、委顿、颓废的秦泽后，只要一拿起步枪，就能回到人生的高光时刻！

他心如止水，他心如明月。

敌人一旦出现在他的视线中，他就可以雷霆激发，百米之外，取敌性命。

楼下的街道响起了一声喇叭。

林铜生的车队到了。

秦泽后微微皱了眉，他心中已经计算好了子弹的轨迹，他选择了一个最便捷、最直接的击发点，这样能避免跳弹伤及路人。

林铜生的车逐渐进入射程范围。

"砰"，一声短促的枪响。

秦泽后开枪了，按照计划，他先射中汽车轮胎，等待林铜生下车躲避。

但出乎意料的是，陆洲所乘坐的车辆头也不回地离开了街道，只剩林铜生的座驾留在原地，等到彭天河的车辆出现，林铜生都没有下车。

"林铜生怎么不下车？"胡林疑惑道。

他们的原计划是，打爆林铜生的车胎，惊动林铜生，让他下车躲避，在他下车躲避的一刹那，秦泽后就可以用第二发子弹结果了他。

机不可失，时不我待。既然对方不下车，那就只能击穿车窗干掉他。

"砰"，秦泽后开了第二枪，击穿车窗，林铜生的身体露了出来。

"在那里！"彭天河举目四顾，准确指出狙击的点位。

脚步声、嘈杂声响起,"捕共队"队员拥向了秦泽后与胡林藏身的居民楼。

"不好!快撤!彭天河好毒的眼。"胡林见有暴露的危险,立即准备背上秦泽后转移。

秦泽后冷静点头道:"小伙子,去隔壁房间,帮我把枪支外盒拿上再走。"

"是。"胡林想都没想,径直往隔壁房间奔去。

待胡林一进隔壁房间,秦泽后便将门反锁。

"你干什么?"胡林惊觉秦泽后的举止有异。

秦泽后道:"我说了,这一次,我不能当逃兵!"

胡林捶着门,大喊:"这可不是当逃兵,快开门,我背你一起撤!"

背我一起撤?背着我,两人都没法撤。秦泽后露出一丝苦涩的笑,他再次回到狙击位,任胡林如何猛烈捶门、呼喊撤退,秦泽后只作不闻。

秦泽后抬头看了一眼窗外的天空,云层厚重,已经遮蔽了绚烂的晚霞。他记得当年自己逃离军队的时候,也是这样的天气。

彭天河真是个高手!秦泽后不由得感叹,他看着彭天河在街对面的动作:快速寻找掩体,手枪上膛,半跪缩在角落,选择了一个高超的还击角度。这个角度,秦泽后很难从上到下瞄准彭天河,可是一旦秦泽后伸出脑袋,架起枪支准备瞄准,彭天河却能自下而上地击中他!

这样的高手,怎么能放任他离开?他若是追了上去,谢振怎么应付?!

秦泽后点了一根烟,他摸了摸自己手中的步枪,老朋友啊,我给你争取点时间吧。

秦泽后大喊了一声:"胡林!去帮谢振!"

捶门的声音停了下来。

胡林强忍着呜咽声,从后窗跳了出去。

不错不错,这小伙子,是能分得清轻重的人。好了,现在只剩我来决战了。秦泽后那沙哑的声音竟然唱起小曲来:"猎犬终须山上丧,将军难免阵前亡……"

他一边唱,一边审时度势。他已经将敌我双方的射击位想得明白,他只要一探出身子,就会被彭天河瞄准。

可是,此刻他并无选择!他的第二枪打爆了车窗,林铜生的身体露了出来,他只需要再补上一枪,就能完成任务。

小曲唱了一半,他将步枪再次架上窗台,他决意死守自己的位置,拖住彭天河,把时间留给谢振!

可是他的这个动作,却也给了彭天河可乘之机。

"啪,啪",彭天河开枪了,他与手下纷纷开枪射击,拥上楼道的"捕共队"队员也开始想办法破门。

秦泽后没办法躲避,肩上直接中了两枪,瞄准镜也被打碎。

秦泽后咬住牙关,没有偏离一点位置,心想就补一枪,一枪就好了!

他凭借目力开出第三枪!

"砰",第三声短促的枪响。

子弹正中车内人。

此时,彭天河也开枪打中了秦泽后的胸口,"捕共队"队员将门完全砸开。

在敌人冲进房间的那一刻,秦泽后倒下了,他脸上带着一丝微笑。他终于履行了军人的誓言，死也要死在战场上，他不再是儿子口中的逃兵。

在死亡前的一瞬间，他脑袋里闪过自己与谢振在军队的最后一次见面。

那一夜，秦泽后身着革命军军装，拄着拐杖准备趁夜逃走。谢振冷不丁地从他身后出现，用枪顶住他的脑袋。秦泽后跪下哀求谢振放他一马。

谢振看看他的腿，收起手枪让他快走。逃回家后，秦泽后拄着拐杖，推着一口薄木棺材埋葬了妻子，便到亲戚家接上了自己的儿子秦孝明。

这是秦泽后一生的妥协！

他秦泽后说了，这一次，不想再当逃兵。

10　誓言

随着最后一声枪响,秦泽后倒下了,胡林从居民楼的后墙撤了下来。

望远镜里的谢振强忍着伤痛,猛然醒悟:这是圈套!

林铜生和陆洲分开乘坐两辆汽车,一前一后,这不合常理——按照陆洲的性格,是万万不会让这棵升官发财树有半分危险的。

所以只有一种可能,这个林铜生是假的!而陆洲所乘坐的车辆才是真正的目标,林铜生和陆洲同乘一辆车。

谢振扔掉望远镜,他必须立即赶往贾大力处,与他做最后的努力。

彭天河见秦泽后已被击毙,便不再恋战,立马继续前去保护真正的林铜生。

岔路已经行完,后续路程是一条大道,此时只剩陆洲的汽车继续前行。

一辆装满木材的马车正在路边等候,车上的人正是贾大力。

待陆洲的车辆出现,贾大力见机将绳子割破,圆木滚出,拦住汽车的去路。

陆洲的汽车左右躲避后撞上了电杆。

陆洲从车窗探出头来,开枪射击贾大力。

"陆洲!"谢振终于赶到,抬手就是一枪。

陆洲从另一侧车门里钻了出来,她拽着一名男子!毋庸置疑,这名男子,自然是真正的林铜生。

陆洲看了看手表,廖新夫派来接应林铜生的人手即将抵达指定位置。陆洲迅速扯过林铜生,步行向小路赶去。

谢振准备追杀而去,彭天河恰好赶到,铁塔似的拦在陆洲离开的巷口。

彭天河冷冷笑道:"上一次溜走的,是不是你?"

贾大力活动手脚,向谢振示意,他将拖住彭天河,为谢振争取时间,两人相视一眼,生死惜别。

贾大力道:"上次是谁溜走的我不知道,这次我要把你留在这里!"

彭天河捏紧了拳头:"就凭你?"

贾大力沉声道:"就凭我。"

惊天血战开始了。

整个街道骤然安静下来,傍晚的云层开始在二人头上流动。

彭天河和贾大力斗了起来。

彭天河嗜血本性被激发,他的直觉告诉自己,眼前的贾大力是个和自己身手相当的高手,而这样的对手实在难遇。他技痒得很,实在不愿意错过这种机会。

因此,双方就像拥有默契一般,都不再使用武器,而是拳拳肉搏。

彭天河手段狠辣，招数花样繁多，处处攻向贾大力的要害，贾大力凭着一身神力，以不变应万变。

二人打得你死我活，招招全是致命的打法。

斗了好一阵，二人均有力竭之象，彭天河故意使了一个破绽，贾大力中计被绊倒在地。

二人纵然身手相当，但彭天河身经百战，临阵经验实在远超贾大力。

贾大力跪地挣扎，盘腿踢倒彭天河，彭天河重重地摔在贾大力身上，趁着贾大力重击之下尚未反应过来，他踩身一转，翻到贾大力身后，死死勒住贾大力的脖子。

彭天河狞笑起来，这一招叫作"骆驼扳"，是蒙古摔跤的典型招数，"只要扳住脖子，就算是草原上的骆驼，也能扳断它的骨头"。

彭天河年轻时嗜武如命，广学众长，这一招得意之技，有数十年寒暑之功，任贾大力如何挣扎，也无济于事。

贾大力反手肘击，彭天河强忍痛击，绝不松手。只要死死勒住贾大力，彭天河片刻就能将他弄死，胜利在望，他忍不住得意：这场惊天血战，胜利仍然是我的！

贾大力陷入了绝望，他看了一眼谢振追击的巷道。

"小土豆儿，帮我看看这封信写了什么？"

几天前，贾大力在院子里拦住了一个小孩，他的名字叫"土豆儿"。

原来，贾大力不识字。他从胡林手里拿过弟弟贾驰力的信，却不知道弟弟要说什么，他要强得很，不肯让胡林当场帮他读信，便回院子里找到了"小土豆儿"。

此刻的贾大力已经濒临死亡，彭天河的手像铁箍一样，死死地勒住了他的脖子。

贾大力脑海里回忆着他弟弟的信里说了什么。"小土豆儿"稚嫩的声音响起："与兄长书，这些年我的事，兄长大抵不能理解，但我所知这世间一切的不公，都源自剥削，我们期待有新世界，工人能抬起头来，能面向阳光……"

随着彭天河的层层加力，贾大力空洞的瞳孔开始逐渐发散。

贾大力似乎产生了幻觉，"小土豆儿"稚嫩的声音逐渐变成弟弟贾驰力的声音，在血染的巷子上空回荡："能微笑面对生活，能不再受人欺辱，我愿点亮我的生命和青春，来照亮这黑暗的路。我叫贾驰力，我志愿加入组织，对组织忠诚，服从组织，严守秘密，愿牺牲个人，永不背叛！"

大字不识的贾大力未必便能理解什么主义，可是这个世界上，这一种主义代表着人类的共识！

贾大力看了看谢振追击的方向，谢振应该已经追上了吧，那就让我来解决这个王八蛋。他大喝一声，抓起遗落街面的一支不明锐器，他用力穿过自己的身体，穿透彭天河，二人同归于尽。

"微笑面对生活，不再受人欺辱。"

此刻的谢振，正在快步追击陆洲和林铜生，廖新夫的人已经迎了上来，谢振离完成任务只有几步之遥。

"砰"，谢振肩头中枪，倒了下去，他看见林铜生就要跑出巷子。

廖新夫的人已经围了上来。谢振模糊的视线中，看见林铜生露出轻蔑的嘲笑。

一辆汽车飞驰而至，车上是胡林和果子。

胡林驾着车，他和谢振是老搭档，每一次，他都会在谢振最需要的时候，驾车载他离去。

车门猛地打开，胡林把谢振拉上座位。枪声此起彼伏，跳弹打中胡林腹部。

果子抢过方向盘，在枪林弹雨下，谢振一行逃脱了。

林铜生仍然逍遥法外，车内诸人陷入沉默。失血昏迷中的谢振再次被噩梦吞噬。

梦中的谢振，挂着冰冷的链条，他已经奄奄一息。噩梦中的谢振在墙上爬，一次又一次设法越狱。

"任务没完成，我没资格死！"谢振挣扎着醒来。

果子大声道："别气馁！还有最后一次机会！"

谢振和胡林因失血而苍白的脸都转过来看着果子。

果子快速道："出发前，尹佳妮接到池佐伊夫的电话，要她将两箱名画送给廖新夫，尹佳妮心生一计，通知了陆洲的副官，称箱子在洋行！"

谢振道："你们怎么确定陆洲就一定会去洋行取箱子？"

果子道："这是池佐伊夫给廖新夫的礼物，价值不菲，一份交由陆洲，一份交给廖新夫，而且为了庆祝林铜生即将立功高升，池佐伊夫还为林铜生定制了一套西服，用于面见上官。"

果子顿了一顿，接着道："我们现在失败了，对不对？"

谢振神色痛苦道："对。"

果子道："对于陆洲他们来说，现在危险已经解除了，想必会放松警惕，廖新夫吩咐过陆洲，必须把箱子带上。你说，陆洲和林铜生会不会在与廖新夫见面前，顺道去洋行取物？"

谢振全身都在发抖，他明白尹佳妮的用意了，尹佳妮是设置了最后一道保险，如果谢振他们失败了，陆洲和林铜生在庆幸成功之余，是不会忘记完成廖新夫的吩咐的。

如果陆洲和林铜生出现在尹佳妮面前，那就意味着，谢振等人多半已经遭遇不测……

那么，聪慧的尹佳妮，将会做出怎样的举动？

11　黑　帆

洋行已经快要打烊。

尹佳妮焦虑得时不时就看看门口，要是接下来出现在门口的是陆洲，那就表示谢振他们行动失败。

洋行是最后一关，而自己将是最后一把利剑，她一定要完成任务。

门口传来汽车停下的声音，出现在门口的是陆洲和林铜生。

尹佳妮长吸了一口气，整理了下自己的头发，她脑中响起谢振的话。

"我要是死了，你就没有丈夫搭档了……"

"有些理性的东西，始终战胜不了感性……"

"我必须要奋不顾身，因为我不想让噩梦再延续到其他人身上！"

来的是陆洲和林铜生，说明谢振已经牺牲了。

谢振给尹佳妮讲过一个西方的故事，勇者出海去斩杀恶龙，和爱琴海的恋人公主约定：如果平安归来，他将竖起白帆；如果不能平安归来，船的桅杆上将竖黑帆。恶龙的黑血染黑了白帆，勇者一时忘记了要换下船帆。日日在海崖上翘首以盼的公主看见了黑帆归来，决然跳入了海中。

听故事的时候，尹佳妮对公主的急躁嗤之以鼻，换作她本人，将会理智地等到帆船靠岸的那一刻，细细辨别船帆上的颜色究竟是黑色还是白色，出海的勇者是否还健在。

不过，当故事发生到了自己身上，她终于明白这并不是急躁。

这是一种悲伤。

这是一种巨大的绝望。

尹佳妮在这一瞬，被悲伤和绝望包裹，包裹得死死的，几乎就要窒息。

她苦笑了一下，自己好像从来没有向谢振表白过心意。

她一直以为，有些事是不必说出口的。

她现在终于明白了，有些事，如果不早早说出口，就永远也无法说出口了。

她一直以为自己只需要在海崖上翘首以盼谢振归来就好，可是现实狠狠打了她的脸。

勇者不会再归来，而恶龙已经入侵到公主的领地。

精通俄语的谢振不曾告诉她，当恶龙袭来，西方故事里的主人公应该做什么。

她只能按照中国人自己的方式来应对。在东方的文化里，应对这样的局面，有着数不胜数的例子。

她一想到谢振说"等到胜利后，我们就不用做'假夫妻搭档'了"，她的眼泪就忍不住要掉下来。

陆洲和林铜生已经有说有笑地走进了洋行，他们脸上带着劫后余生的惬意和愉悦。

尹佳妮几乎只用了两秒钟便收拾好了情绪,她转过头,笑脸迎向陆洲和林铜生。

她感觉到自己的拳头已经捏得关节发白。

她依然保持着自己最精准的笑容。

永远理性,永远精准,这是尹佳妮的天职!

陆洲走到了她面前,那浓艳又恶心的脂粉味也扑到了尹佳妮面前,只听陆洲傲慢道:"池佐是不是给了你两口箱子?"

尹佳妮很自然地点头,道:"是的,二位。"

陆洲目不斜视道:"那还不带我去取?"

尹佳妮道:"是。"

尹佳妮发现自己牙齿在打战,她也不知道是因为兴奋还是因为愤怒。

故事里的那个软弱而绝望的公主,根本就不是尹佳妮,那个看见黑帆就要结束自己生命的公主是多么可笑。

尹佳妮暗暗下定决心,如果屠龙的勇者不在了,那么,我自己就是勇者!

就在她把池佐为林铜生准备的西服交给他的时候,她伸手摸向了西服箱底的一枚炸弹。

林铜生素来有西服癖,他看见池佐为他准备的西服,眼睛都发出了亮光。

果子开着车在街上以最快的速度飞驰,谢振心急如焚,他知道洋行是解决林铜生的最后机会,他也知道在这最后的机会里,尹佳妮要做什么。

他突然很后悔,有些话,如果早些给尹佳妮说,是不是要好一些？

他总是调侃尹佳妮，说她事事都很精准，别说日常的时间安排，就连盛饭都不能过碗沿。

"你这事事都精准，让人很有压力啊！"

谢振思忖着，一颗心已经飞到了洋行。他希望奇迹能够发生，他希望尹佳妮能全身而退。

然后，他就看到不远处的洋行门口一道火光冲天。

"轰！"

火光映红了汽车里谢振等人的脸。

谢振咬着牙，流着泪。

到底是尹佳妮没能等到他，还是他没能等到尹佳妮？

12　尾声

海滨城市的叛徒危机终于解除。

地下组织成员的会议在城东一处居民楼里顺利召开。

居民楼的二楼之上,与会代表正在激烈讨论。

谁都不知道他们差一点就全部被出卖、被抓捕。他们中的很多人,差点因为秘密身份的暴露,而被杀戮。

当然,谁也不知道,在这座城市的巷道里,曾经发生过那样的流血和牺牲。

居民楼的一楼,保卫人员以打麻将的方式为楼上的会议做掩护,唱盘机里还放着音乐,掩盖了楼上会议的声音。

音乐飘上城市的天空。

秋风起兮白云飞。

"嘀嘀……嘀嘀嘀……嘀……"

胡林在发报台上发送电报:行动成功。

谢振又回到了秦泽后的院子,他交给秦孝明一颗子弹,说:"你爹是英雄,不是逃兵。"

秦孝明有些茫然,一时不知道该如何接受现实,他沉吟半响,问道:"我爹打枪真的准吗?"

谢振说:"心准,枪法就准。"

秦孝明眼含热泪,他似乎已经预感到,自己将在这条路上,走很远,很远。

他和他的后来者,将开辟一个新的世界。

如果说人的精神能穿透时空,那么这种隐蔽而忠诚的火焰,将生生不息。